세계의 가장 비참한 사람이 되리라

자유와 혁명과 풀과 詩, 김수영 생애 다시 쓰기

초판 1쇄 인쇄 2019년 9월 20일
초판 1쇄 발행 2019년 9월 30일

지은이　박수연 오창은 김응교 김태선 서영인 서효인 손미 정용준
펴낸이　이영선
책임편집　김선정

편집　강영선 김선정 김문정 김종훈 이민재 김연수 이현정
디자인　김회량 정경아
독자본부　김일신 김진규 정혜영 박정래 손미경 김동욱

펴낸곳 서해문집 | 출판등록 1989년 3월 16일(제406-2005-000047호)
주소 경기도 파주시 광인사길 217(파주출판도시)
전화 (031)955-7470 | 팩스 (031)955-7469
홈페이지 www.booksea.co.kr | 이메일 shmj21@hanmail.net

ⓒ박수연 오창은 김응교 김태선 서영인 서효인 손미 정용준, 2019
ISBN　978-89-7483-997-0　03810

이 도서의 국립중앙도서관 출판예정도서목록(CIP)은 서지정보유통지원시스템 홈페이지(http://seoji.nl.go.kr)와 국가자료공동목록시스템(http://www.nl.go.kr/kolisnet)에서 이용하실 수 있습니다.(CIP제어번호: CIP2019036662)

* 이 책은 문화체육관광부의 '김수영 50주기 선양사업'의 지원을 받아 발간되었습니다.

세계의 가장 비참한 사람이 되리라

정용준
손미
서효인
서영인
김태선
김응교
오창은
박수연

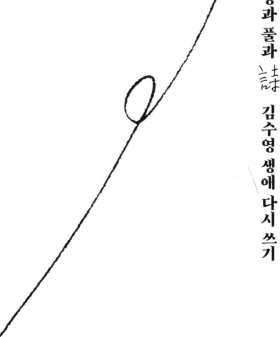

자유와 혁명과 풀과 詩, 김수영 생애 다시 쓰기

서해문집

시인의 장소,
시인의 마음

**공간으로 보는
김수영의
삶과 문학**

'거대한 뿌리'처럼 큰 영향력을 가졌건만 여전히 복원되어야 하는 시인이 김수영입니다. 시도 그렇고, 그의 생애도 그렇습니다. 그의 시는 세월이 흐를수록 더 풍부하고 다양한 이야깃거리를 뿜어내고 있고, 그의 생애는 극적이고도 광적인 삽화들을 보석처럼 숨긴 채 말을 걸어오고 있으니까요. 이 책은 시인 김수영의 언어와 숨결의 기미를 예민하게 포착하고 싶었던 사람들이, 시인의 삶과 문학의 공간들을 찾아 걷고, 생각하고, 발견한 기록들입니다.

김수영은 1921년 서울 종로2가에서 태어나 1968년 마포 구수동에서 마흔여덟의 안타까운 생을 마칠 때까지, 평생을 서울에서 살았습니다. 물론 스무 살 시절에는 도쿄로 유학을 가서 연극의 꿈을 품기도 하고, 학병 징집을 피해 만주의 지린(길림)에 머무르기도 하였으며, 한국전쟁이 일어난 서른 살에는 부산 거제리의 포로수용소에 수감되어 2년여 간 포로 생활을 하기도 하는 등 파란이 많기도 하였지만요.

김수영은 짧은 생애 속에서도 한국의 현대문학사에 강렬하게 각인될 단단한 시의 세계를 구축했습니다. 한국 시의 새로운 언어 형식을 추구하고 날카로운 현실 비판적 발언을 쏟아냈으며, 스스로의 소시민적 비겁과 이기를 폭로하여 마침내 역사의 '거대한 뿌리'를 찾아가려 했던 시인으로 기록되고 있습니다. 그래서 그의 시는 첨예한 사회 현실의 변동 속에서 진지한 행동과 사유의 성채로 남아 있으며, 지금 이 시대의 가장 첨단적인 담론들과 맞서도 주눅 들지 않는 아우라를 간직하고 있습니다.

그런데 많은 한국문학 연구물들이 보여주는 중요한 사실이 있습니다. 작품 자체에 주목해야 한다는 관점이나 태도로 인해 그 작품을 쓴 사람의 삶의 조건에 대해서는 그다지 관심을 두지 않는 경향입니다. 좀 더 구체적으로 말하면, 텍스트의 언어에 대한 집요하고 다양한 분석만큼이나 작가의 생애에 대한 풍부한 고찰이 이루어지지 않고 있는 것이지요. 이것은 우리 문학사에서 개별 작가들이 차지하는 위상의 차이를 불문하고 거의 공통적입니다.

한국 문학사의 큰 산인 김수영도 이런 한계로부터 자유롭지 않습니다. 그와 관련하여 연구자나 일반 독자들이 거의 유일하게 전적으로 의존하는 책은 최하림의 《김수영 평전》(초판 1982)일 것입니다. 물론 이 평전이 김수영의 생애에 대해 많은 정보를 알려주기는 하지만, (당연한 말이지만) 그것이 시인의 생애 모두를 망라하고 있지는 않습니다. 착오가 없이 다 정확한 것도 아닙니다. 그리고 이 사실을 김수영의 연구자들은 대부분 잘 알고 있지요.

　이 책은 김수영 시인의 50주기를 맞아 2018년에 진행된 수차례의 답사를 비롯해, 시인과 소설가 그리고 문학 연구자들이 합동으로 탐색하고 사색하고 발견해낸 결과물입니다. 김수영 생애의 주요 장면마다 그가 머물던 공간을 중심으로, 가상의 문학지도를 그려보자는 취지로 기획되었지요. 서울의 한복판인 종로에서 도쿄까지, 만주의 지린을 거쳐 다시 충무로, 마포, 도봉 그리고 부산의 거제리와 거제도에 이르기까지. 시인의 길을 따라 걷고 시인의 공간에 머물면서, 그 길과 공간이 열어서 보여주는 시인의 생애와 작품을 반추해보고자 한 것입니다. 일종의 기억의 복원인 셈입니다.

　필자들 이외에도 함께 시인의 생애를 찾아 나섰던 사람들이 있어 이 자리에서 밝혀둡니다. 지린의 1차 여름답사에는 김명인, 김응교, 남춘애, 박수연이 참여했고, 2차 겨울답사에는 다시 박수연과 김태선, 안현미, 양진오, 오창은, 유현아, 전윤수, 최현식이 참여했습니다. 그리고 도쿄 답사에는 서영인, 김응교, 박수연, 오창은이 참여했습니다. 참여해주신 모든 분께 이 자리를 빌려 감사 인사를 드립니다. 특히 국립한국문학관의 서영인 선생과 중국 다롄민족대학의 남춘애 교수에게는 특별한 감사를 표합니다. 서영인 선생은 그토록 가까운 곳에 있었음에도 아무도 찾지 않았던, 시인의 도쿄 유학 시절 거주지를 새로이 발굴해냈습니다. 남춘애 교수는 몸소 나서서 지린의 조선문화원장을 연결해주고 답사 자료를 찾아주었습니다. 김수영의 독자들에게는 두고두고 기억되어야 할 일입니다.

답사를 비롯해 이 책이 나오기까지 김수영 시인의 아내 김현경 여사, 여동생 김수명 여사 등 유족의 도움이 매우 컸습니다. 특히 김수명 여사는 만주 시절 관련 자료와 기억을 확인해주었을 뿐만 아니라, 젊은 날의 시인에 대한 세세한 기억을 떠올려 주었습니다. 시인과 시인의 가족이 살았던 거주지의 행정 사항은 모두 김수명 여사의 도움으로 얻은 정보입니다. 그리고 시인의 아내 김현경 여사는 사전 답사 일정까지 동행하면서 시인 생전의 여러 흔적을 되새겨주었고, 마포의 옛 집 터에서는 가옥의 대략적인 윤곽까지 설명하면서 시인의 생생한 몸짓을 떠올리게 해주었습니다. 그리고 김수영문학관의 김은 실장 또한 답사 일정의 마지막 행사를 문학관에서 진행하도록 배려해주었습니다.

마지막으로, 김수영 문학지도를 그리기 위한 이 모든 여정을 후원해준 한국작가회의에도 고마움을 표합니다. 이러한 도움과 지지야말로 김수영 시인을 한국문학의 더 큰 별자리로 만드는 중요한 동력일 것입니다.

이 책으로 김수영 시인의 생애의 전모가 밝혀졌다고 할 수는 없을 것입니다. 오히려 이 책은 그것을 향한 첫걸음일 뿐입니다. 만주는 김수영 시인의 연극 대본을 품은 채 기다리고 있고, 도쿄는 그의 연극 공부 장소를 숨긴 채 기다리고 있습니다. 그리고 서울도 그

의 시의 역사를 오직 일부만 보여주었을 뿐입니다. 그 길은 빛나되,
아직도 멀고 아득합니다.

2019년 9월
필자들을 대신하여 박수연 씀

일러두기

- 김수영의 작품 인용은《김수영 전집》(1·2), 민음사, 2018(제3판)을 기준으로 했다. 김수영의 작품명 뒤 괄호에 표기한 연도 역시 이 '전집'에 따른 집필/탈고(일부는 발표) 시점이다.
- 최하림의《김수영 평전》은 실천문학사, 2001(개정증보판)을 기준으로 했다.
- 일본어 지명의 행정단위 중 구역소(区役所: 구청), 초메(丁目: 가街) 등 한국에서 익숙하게 쓰이지 않는 말은 한국식으로 번역 표기하고 필요한 경우 괄호 속에 원문을 밝혔다.
- 중국어 지명 중 지린/길림(吉林) 등처럼 두 가지 표기가 모두 허용되는 경우, 문맥에 따라 적절히 혼용하였다. 단순히 지명을 지칭할 때는 '지린'으로 표기하고, '길림극예술연구회'나 '길림구락부' 등처럼 당시의 시대 상황을 반영한 명칭의 경우에는 '길림'으로 표기했다.
- 표지의 디자인에 쓰인 교정부호(─ㅇ─)와 부제에 쓰인 '詩'(詩) 자는 김수영의 육필 원고에서 집자했다.

사진촬영

ⓒ이종헌 18, 24-25, 34, 42-43, 52, 60-61, 73, 88, 158, 180, 181, 214, 215, 224, 235쪽.

차례

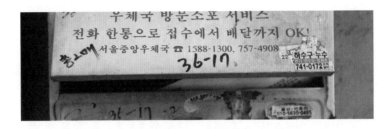

I 시인의 길을

_____ 따라 걷다

쓰고
시린
골목들

서효인

시인

그가
거기에
있다

풀이 눕는다
바람보다도 더 빨리 눕는다
바람보다도 더 빨리 울고
바람보다 먼저 일어난다

김수영의 시비는 도봉산 초입 숲길에 있다. 그곳은 시인의 무덤도 아니요, 생전에 즐겨 찾던 곳이라든지 태어나 자란 터라든지 하는 친연성이 부족하다. 그냥 거기에 있게 되었다는 듯이 거기에 있다. 나는 김수영의 시 〈풀〉(1968)의 일부가 적힌 도봉산의 시비가 김수영의 생애와 문학을 묘한 방식으로 은유하며 상징하는 것 같아 마음이 쓰이고 끌린다. 시기와 장소를 불문하고 형형하는 그의 시처럼 보이기 때문이다. 동시에 시기와 장소와 상관없이 탈선과 싸움의 연속이었던 그의 생처럼 보이기 때문이기도 하다.

등산로의 입구에는 형형색색한 아웃도어 매장이 줄을 섰고, 사람들은 삼삼오오 산길을 올랐다. 이리저리 주차된 차며, 생김새가 그다지 미학적이지 못한 가게들이며, 홀로 듣는 라디오를 크게 틀어놓고 등산 스틱을 휘두르는 사람들 덕에 도봉산 등반은커녕 멀지 않은 김수영 시비에까지 가고 싶은 마음마저 사라질 판이었다. 다행히 그런 마음이 더 단단하게 다져지기 전에 시비는 나타났다. 못된 결심이나 단단한 태도보다 먼저 드리워지는 시처럼, 거기에 김수영이 있었다. 서울의 윗목에서 서울을 굽어보는 도봉산이 어쩌면 그에게 어울리는 기착지일지도 모르겠다는 생각이 들었다. 그의 결심에 따른 것도, 우리의 태도에 따른 것도 아닌, 그저 바람에 맞서는 풀처럼, 여기가 어디이고 내가 누구인지 모르겠다는 확신만으로 계속하여 싸움을 거는 것이다. 산의 중턱이 그에게는 어울린다. 하산이든 등산이든 김수영은 여전히 계속해서 탈선하여 싸우는 중일 테니까.

충무로,
오래된

모더니티

기회와 유적(油滴) 그리고 능금
올바로 정신을 가다듬으면서
나는 수없이 길을 걸어왔다
— 〈아메리카 타임 지(誌)〉(1947)에서

신시론 동인의 시집《새로운 도시와 시민들의 합창》(1949)은 그 제목부터가 지금에 견주어도 결코 예스러운 기운이 없다. 오히려 등단한 지 얼마 되지 않은 젊은 시인의 첫 시집 제목이라 해도 어울릴 법하다. 이 시집에 시를 수록한 시인은 김경린, 임호권, 박인환, 김수영, 양병식 이렇게 다섯으로, 본격적인 모더니즘을 표방했다는 데 큰 의의가 있다고 한다. 이 시집을 포함한 신시론 동인의 활동이 훗날 후반기 동인의 태동이라 할 수 있으니, 이러한 평가는 상당 부분 사실일 것이다. 사실을 말하자면 동인의 구성원 중 지금까지 이름을 남긴 이는 김수영과 박인환이라 할 수 있을 것이며, 그중에서도 지금까지 시적인 영향력을 강력하게 발산하고 있는 이는 역시 김수영이라 할밖에 없다. 시간적 거리가 머나먼 후배일수록 이토록 엄혹한 평가의 권리를 갖기 마련이니, 멋대로 끄적거려 보아도 괜찮겠지 싶다.
　김수영 50주기에 찾은 충무로는 을지로와 종로까지 이어지는 한국 특유의 어떤 '감성'을 여전히 지니고 있었다. 을지로에는 철공

소 골목이, 종로에는 약국과 귀금속 골목이 느슨한 형태로 무리를 짓고 있으며, 이러한 흐름은 인쇄 골목을 품은 충무로까지 이어진다. 산업화 시절에 대책 없는 개발과 당시 시민들의 끈질긴 생명력으로 얼기설기 채워진 거리와 골목과 건물들은 (특히 을지로를 중심으로) 이른바 '힙스터'의 성지가 되고 있다. 오래 자리를 지킨 노포는 도심의 명물로 거듭났고, 공실이 되었던 건물에는 개성 있는 가게가 하나둘 자리를 잡았다. 오래 머문 기술자와 새로 유입된 예술가 사이에 자연스러운 협업이 일어나고 있다. 누군가에게는 빡빡한 삶의 공간이자 가난의 굴레이며 일상의 테두리였던 곳이 시간이 지나 만끽하고 싶은 묘한 분위기를 품은 멋진 공간이 되었으니, 달리 말해 이곳은 대한민국에서 가장 오래된 근대식 골목으로서 첨단의 모더니티를 획득한 특이한 장소인 셈이다.

해방 후 20대의 김수영이 신시론 동인을 비롯해 문인들과 만남을 가졌다는 충무로의 골목 또한 일견 마찬가지였으리라. 배인철, 이봉구, 박태진, 박기준, 김기림, 조병화, 김윤성, 이한직, 김광균 등 당대 모더니스트들이 충무로에 자리를 잡은 김수영과 자주 만났다. 당시 충무로에는 김수영의 어머니가 운영하던 식당 '유명옥'이 있어 젊은 문인들이 걱정 없이 어울리기 더욱 좋았으리라. 최하림이 쓴 《김수영 평전》[1]에 따르면, 충무로에 온 초기에 김수영은 치질이 심각해 누이가 돌보아야 했으며 병세가 완화된 후에는 어머니의 가게에 가난한 친구들을 불러 모아 편히 술과 빈대떡을 잘 얻어먹었다고 하니,

좋은 오빠이자 좋은 아들이라 평하기는 아무래도 어렵겠다. 바로 그 유명옥이 있었다는 골목에 서 있노라니 김수영의 시와 문학보다는 김수영의 곁에 있었던 이들의 손길이 떠오르는 건 시인에 대한 악취미에 불과하겠지만, 떠오르는 생각을 붙들어 맬 재간이 나에게는 없었다.

다시 "올바로 정신을 가다듬으면서" 길을 걷는다. 최근 발표된 서울시 개발 계획에 의하면 을지로의 오래된 가게들은 거개 다 문을 닫아야 할 상황이다. 충무로도 머지않아 도시 재생이라는 이름의 개발 광풍에 포함될지 모를 일이다. 그게 아니더라도 최근 불황과 출판·언론업의 위기로 인해 인쇄업은 고사할 처지에 놓였다고 한다. 실제 충무로를 찾았을 때 문을 닫은 인쇄 공장과 지류 영업소가 태반이었다. 서울의 중앙, 가까운 곳에는 고궁이 있고 고궁을 끼고서 고층 빌딩이 늘어섰으며 빌딩의 그림자에 핏줄처럼 붙은 골목 길…… 언젠가는 신작로였을 그 골목길에서 김수영을 포함한 젊은 이 여럿이 모더니즘을 논했다. 그날의 현대성과 오늘의 현대성을 생각한다. 오래된 건물의 벽을 만지며 해방 직후의 서울을 회고적으로 상상해서 될 일은 아니다. 김수영이 일갈했던 것은 '지금'의 서울이었고, 그의 50주기를 맞이한 서울 또한 오늘의 서울일 것이니, 나는 김수영의 옛적 삶보다는 지금의 충무로 인쇄 공장 숙련 노동자가 살고 있을 삶이 문득 궁금해지는 것이었다.

해방 이후 김수영이 살던
충무로의 집 터.
모던 청년 김수영이
연극에서 시로 전향한 때가
이 충무로 시절이었다.

종로,
마리서사

너무나 잘 아는

순환의 원리를 위하여

나는 피로하였고

또 나는

영원히 피로할 것이기에

— 〈긍지의 날〉(1955)에서

연구자들의 설명에 따르면, 해방 후 박인환이 3년 동안 운영했던 서점 '마리서사'는 종로3가 지금의 대한보청기 자리에 있었다고 한다. 대로의 지하에는 전철이, 지상에는 8차선 도로가 놓여 있고, 대로와 십자 모양으로 겹쳐지는 작은 길은 '전국노래자랑'의 사회자 송해의 얼굴이 해사하게 걸려 있다. 길의 이름도 '송해길'이었다. 송해도 김수영도 모두 1920년대에 태어나 유년과 청소년 시절에 식민지 시기를 견뎠고, 청년기에 전쟁을 겪었다. 송해길과 멀지 않은 곳에서는 역시나 전쟁을 기억하는 이들이 확성기에 대고 자기 나름의 나라 사랑을 윽박지르고 있었다. 그 건너편에는 그들과 다른 목소리가 있고, 그 대각선에는 또 다른 목소리가 있다. 이곳 어디쯤에 마리서사 서점 간판이 어떤 모양으로 걸렸었을까. 유족들의 기억을 더듬어

주억거린 뒷골목에는 이렇게 쓰인 팻말이 있었다. "이곳에 쓰레기를 버리지 마시오."

　종로에서 광화문까지 이어지는 대로에는 대형 서점이 집중적으로 모여 있다. 한때 책 좀 읽었다는 서울 사람들이 반드시 한 번쯤은 회고하는 서점이 종로서적이다. 생일이면 종로서적에 들러 선물할 책을 골랐다는 이야기, 신문에서 신간 광고를 보고 종로서적에 달려가 바로 구매했다는 이야기, 민음사 세계시인선이니 삼중당문고니 하는 것들을 거기서 여러 권 샀다는 이야기들이다. 운영 기간은 비교가 무색할 만큼 차이가 나겠지만, 종로서적의 운명 또한 마리서사와 결국 다르지 않다. 월드컵 열기가 한창이던 2002년 종로서적은 최종 폐업했고, 그 자리는 현재 다이소가 자리해 있다. 폐업 사유는 경영난. 이후 온라인 서점의 영업이 본격화하고 동시에 독서 인구가 급감하면서 한국의 골목과 동네 곳곳에 존재하던 작은 서점들은 도리 없이 종로서적과 같은 결말을 맞이했다.

　'마리서사'를 검색하면 서울이 아닌 군산에 같은 이름의 서점이 하나 나오는데, 도서정가제 개정 시행 이후 조금씩 늘기 시작했다는 동네서점 중 하나다. 최근에는 이러한 작은 서점들이 꽤나 많아졌는데 이를 두고 독립서점이라 부르기도 한다. 할인율이나 이벤트 사은품 같은 것으로는 대형 서점과 경쟁이 불가능하니 서점만의 독특한 분위기를 갖춰야 한다. 그것은 인테리어 같은 것에서 비롯되기도 하지만 무엇보다 진열된 책의 일관성에서 크게 나타난다. 그림책 서점, 과학서적 전문 서점, 페미니즘 전문 서점…… 이러한 구분은 취향을 따라 지갑을 여는 독자의 욕구에 맞춘 결과이며, 동시에 서점 주인이 자신의 취향을 내놓고 전시하는 것과 다름이 없다. 박인환의 마리서사는 그러니까 최근 성행하는 '콘셉트가 명확한 작은 서점'을 그 시절에 세상에 보여준 것이다. 그리고 보면 마리서사는 지금의 독립서점의 시조새 격일 텐데, 시인이 그런 큐레이터 역할을 했다는 데서 묘한 쾌감마저 느껴진다.

김수영은 1921년생으로 마리서사가 문을 열었을 때 20대 초반의 청년이었다. 서점의 주인인 박인환은 1926년생으로 이제 열아홉. 두 사람뿐 아니라 그 시기의 젊은 예술인들이 서점으로 모여들었다. 새 책과 중고서적을 가리지 않고 문학과 예술 분야의 책을 일본어 본까지 갖춰놓은 서점은 흔한 것이 아니었을 것이다. 반세기가 훌쩍 넘은 지금의 서울에서도 마찬가지다. 2016년 시집 전문 서점 '위트앤시니컬'이 신촌에 문을 열어 적잖게 화제였다. 서점도 서점이지만 약속 없이도 서점에 찾아가면 시인이나 작가 한둘은 편하게 만날 수 있는 장소여서 좋았는데, 최근 이곳이 혜화동 동양서림 2층으로 위치를 옮겨 새로 단장했다. 동양서림은 1953년에 문을 열었다고 한다. 그렇다면 김수영과 박인환이, 더 나아가서는 송해가 이 서점에 발길을 했을지도 모를 일이다. 그런 상상을 하면 한 도시를 이루고 있는 오래된 길과 가게들이 허투루 보이지 않는다. 그들이 만들 역사와 서사에 괜히 설레기도 한다. 그러나 현실은 녹록지가 않다. 많은 서점이 임대료와 불합리한 출판 유통 구조로 해마다 위기를 겪는다. 우린 이렇게 여전히 이상하고 자연스러운 방식으로 김수영과 박인환의 후예다.

종로,
그림
자

> 길이 끝이 나기 전에는
> 나의 그림자를 보이지 않으리
> 적진을 돌격하는 전사와 같이
> 나무에서 떨어진 새와 같이
> 적에게나 벗에게나 땅에게나
> 그리고 모든 것에서부터
> 나를 감추리
> ― 〈더러운 향로〉(1954)에서

중심가 지하철역에는 벽면과 기둥 곳곳을 비워두는 날 없이 사시사철 광고로 채우는데, 이 광고를 찬찬히 살피면 그 지역의 분위기나 실상을 파악할 수 있다. 예컨대 압구정역이나 신사역에는 치과, 피부과, 성형외과 광고가 압도적으로 많다. 반면에 대화역이나 방화

역에는 근처에 대규모로 조성되고 있는 아파트 단지의 분양 광고가 걸려 있을 가능성이 크다. 합정역이나 홍대입구역에 가면 그 즈음에 생일을 맞은 K-POP 아이돌을 향한 팬들의 광고 응원을 감상할 수 있으며, 혜화역에 가면 최근 막을 올린 연극 작품을 일별할 수 있다. 그렇다면 종로3가역과 종각역은 어떠할까. 대체로 외국어 학원 광고가 많다. 종각역과 종로3가역 사이 대로에는 영어·중국어·일본어 등을 가르치는 대형 학원들이 줄을 지어 서 있고, 그 사이사이를 수강생들이 이용하기에 편할 듯한 패스트푸드 음식점과 커피 전문점이 위치한다. 파고다어학원과 YBM어학원, 그리고 버거킹, 맥도널드, 롯데리아, 스타벅스, 할리스커피, 탐앤탐스, 이디야커피…… 이것들이 종로의 현재다. 미래에는 아니겠지만, 흩어지고 사라지겠지만, 지금은 그렇다. 좋든 싫든 상관없이.

김수영 생가의 정확한 주소를 두고는 의견이 아직도 분분한 것 같다. 탑골공원에서 횡단보도를 건너면 버거킹과 YBM어학원이 있고, 학원 출입구 뒤쪽 어딘가가 생가의 정확한 위치일 것이라고 가늠하는 연구자도 있었다. 한 시대에 대단한 영향력을 가진 시인에 대한 사적(史的) 연구로서 당연한 책무이자 자연스러운 자세이겠으나, 비뚤어진 허무함 같은 것이 한편에서 슬그머니 고개를 들기도 한다. 이제 와 그런 것이 무슨 상관이겠는가, 과거의 영화는 새로 돋아난 현대성에 뭉개지고 바수어져 파편으로 남는다. 내게는 횡단보도 끄트머리에 담배꽁초와 오물이 반쯤 들어찬 쓰레기통과 나란히 자리한 김수영 생가 터 알림 비석이 그러하였다. "이곳은 시인 김수영 (1921~1968)이 태어난 곳이다. 그는 처음 연극을 하다가 1946년 잡지 《예술부락》에 시 〈묘정(廟庭)의 노래〉를 발표하며 시인으로 등단하였다. 그의 작품으로는 시집 《달나라의 장난》(1959년), 시 〈거대한 뿌리〉(1964년) 등이 있다"라고 쓰여 있다. 우리의 탐구는 저 짧은 문장 안에 깊이 담긴 문학적 진실에 대한 것일 테다.

생가 터에서 종각 쪽으로 방향을 잡고 걸어가면 대한민국의 현대성과 좀 더 극적인 방식으로 조우하게 된다. 눈살을 찌푸리게 하는 것은 대부분 우파로 치장된 혐오 세력의 과격하고 그악스러운 집회이지만, 어쨌든 좌우 대립의 형식과 분위기는 서울의 중심부를 강고하게 둘러싸고 있다. 알다시피 김수영은 해방 후 좌우 대립이 극심하던 때를 지극한 갈등과 고뇌로 통과하여, 전쟁통에는 심지어 포로수용소 생활까지 하게 된다. 그의 비극적이고도 신화적인 여정의 형식과 분위기가 현재 서울의 거리에서 거의 그대로 재현되고 있다는 데 씁쓸함을 느끼지 않을 수 없다. 역사는 우리에게 저절로 교훈을 주지 않는다. 우리의 역사에서 우리의 교훈을 찾아야 하는 이는 결국 우리다. 김수영을 기리는 비가 종로의 쓰레기통 옆에 있어서 시린 것이 아니다. 김수영의 시비가 도봉산 초입에 조그맣게 자리한다고 쓸쓸한 것이 아니다. 나는 그냥 지금 여기의 우리가 쓰고 시릴 뿐이다.

그
평범함을
생각하며

이제 나는 무엇인지 모르게 기쁘고
나의 가슴은 이유 없이 풍성하다
- 〈그 방을 생각하며〉(1960)에서

김수영이 교통사고를 당했다는 서강 언덕길은 처음이었다. 생긴 지 얼마 되지 않은 고층 아파트와, 태생이걸랑 묻지 말라는 태도로 낮게 버티고 서 있는 낡은 빌라가 마주보고 있었다. 시인의 최후는 여러 역사적 인물의 그것에 비해서도 퍽 극적으로 느껴진다. 반대로 아무런 상흔도 기록도 남기지 않았다는 점에서 지극히 평범하다. 나는 극적인 죽음보다 평범한 삶에 존중을 더 보일 필요가 있다고 생각한다. 그는 시를 남겼다. 그의 시는 우리의 감각을 보다 날카롭게 한다. 그의 시는 우리의 삶을 조금 돌아보게 한다. 이런 평범한 문장으로 그를 기리는 게 마음에 든다. 그럼에도 불구하고 우리가 살고 걷고 뛰고 쉬는 길과 길에 김수영의 시와 삶이 묻어 있다는 상상은 우리를 특별하게 만드는 것 같다.

시를 읽는 우리는 특별하다. 그를 따라서 이 싸움을 멈추지 않을 것이기 때문이다. 서강의 언덕길에서 우리의 지도는 끝난다. 시와 문학을 기준으로 삼은 이 지도의 축척을 감히 가늠할 수 없다. 그저 쓰고 시린 마음으로 함께 걷고 쓸밖에 할 수 있는 일이 없어서, 다행이다. 이 다행함이 혁명의 중간지대일 것이다. 우리는 앞으로, 또 앞으로 싸우며 갈 것이다. 쓰고, 시리게.

이토록 긴—
장례식

손미
시인

두 번째
장례

김수영 시인이 죽던 밤을 생각한다.

대문 두드리는 소리가 요란했을 것이다. 방문을 열고 마루로
나온 시인의 아내는 서늘함을 직감했을 것이다. 막 여름이 시작된 6
월인데, 훅 끼쳐오는 더운 바람에도 오소소 소름이 돋았을 것이다.
대문을 열면서 손이 떨렸을 것이다.

시인이 버스에 치였어요, 지금 버스가 싣고 갔어요.

이웃이 전해주는 이야기에 시인의 아내는 그 자리에서 주저앉
았을 것이다. 다급하게 발을 밀어 넣은 신발을 끌고 대문 밖으로, 뛰

어갔을 것이다.

무사하기를, 제발 무사하기를,

마음으로 빌고 또 빌면서. 달려 나간 장소에 시인이 없었을 테고, 버스를 따라가기 위해 차 있는 이웃의 도움을 받았을 것이다(전해 들은 얘기에 따르면 동네 순경 차를 빌려 타고 병원을 찾아다녔단다). 휴대전화도 없는 시인의 행적을 여기저기 물어, 물어 찾아갔을 것이다. 교통사고로 실려 온 환자가 있나요? 그날 밤 사고당한 사람들을 여러 명 목격하면서 시인의 빨간 몸을 찾고 또 찾았을 것이다.

그러다가 새벽쯤에야 굳어버린 시인을 찾았을 것이다. 온몸에서 피가 빠져나가는 기분이었을 것이다. 너무 늦게 찾아 미안해요. 시인의 아내는 시인을 붙들고 그렇게 오열했을지도 모른다.

그날 밤, 버스가 시인을 싣고 갔다. 버스에 실려 가는 시인의 모습을 상상해본다. 의식이 언제까지 남아 있었는지는 모르겠지만 시인의 피투성이 몸이 버스 바닥에 누워 있었을 것이다. 의자에 앉지도 못하고 침대에 눕지도 못하고 사람들이 종일 밟고 서 있던 바닥에. 다급하게 달려가는 버스에서 시인의 몸은 이리 저리 흔들리면서, 받쳐주는 것 하나 없이 미끄러지면서.

왜 이러냐?
내가 왜 이러냐?

왜 뜨끈한 것이 내게서 흘러 나오냐?

시인은 그런 말을 했을지도 모른다. 흐려지는 이 세상을 시인은 어떻게 바라봤을까? 더러운 세상아, 드디어 안녕이다. 그랬을까? 호주머니에 얼마가 들어 있더라? 천 원 하나, 오백 원 하나, 하면서 돈을 세어보았을까? 버스의 천장을 바라보면서, 거기에 뚫려 있는 작은 구멍에 비치는 달빛을 보았을까? 내가 살아난다면 오늘의 경험을 꼭 글로 써야겠다. 그런 다짐을 했는지도 모른다. 시인은 몇 번이나 죽을 고비를 넘기고 살아났으니까. 이번에도 살아날 거라는 희망을 품었는지도 모른다.

버스가 달리는 동안에 시인의 의식이 남아 있었다면, 그의 마지막 시야에 들어온 것은 버스의 천장이었을 것이다. 흔들리는 버스 손잡이들. 사람들의 손때가 묻은 동그란 손잡이들. 손잡이들이 일제히 이쪽에서 저쪽으로 흔들리는 동안 눈동자가 손잡이를 따라다녔겠지. 아기가 모빌을 바라보듯이, 난생처음 보는 움직임을 깜빡, 깜빡, 의식이 나갔다가 들어오면서 바라봤을 것이다.

시인은 버스를 타고 빠져나갔다.

삶에서 죽음으로.

이쪽에서 저쪽으로.

지구 밖으로.

버스를 타고.

택시도 못 타고.

버스를 타고.

시인은 자신이 죽던 해에 이렇게 썼다. "나이가 들어가는 징조
인지는 몰라도 죽음에 대한 생각을 하는 빈도가 잦아진다. 모든 것과
모든 일이 죽음의 척도에서 재어지게 된다."[2]

죽음에 대해 자주 생각했던 그해에 시인은 정말 죽었다. 죽어버
렸다. 그해 시인을 문득 문득 찾아오던 죽음에 대한 생각은 어떤 것이
었을까. 시인은 자신이 버스에 치여 죽게 되리라는 걸 예상했을까.

2018년 11월, 김수영 시인의 50주기를 맞이해 그의 행적을 따
라가는 문학기행이 있었다. 나는 시인의 이름으로 상을 받았고, 그래
서 평생 시인에게 빚이 있다. 시인의 일생과 작품을 연구한 분들에
비해서는 턱없이 아는 것이 없으나, 시인이 태어나고, 살고, 죽은 장
소를 실물로 접할 수 있는 기회가 있다는 것만으로도 나에게는 이 초
대가 큰 영광이었다.

사전 답사를 위해 일행이 모인 탑골공원에서 도로를 건너자
'김수영 시인 생가'라는 작은 표지석이 있었다. 쓰레기통 옆에. 눈에
띄지 않는 낮고 작은 표석. 나는 예전에도 그곳을 걸어서 몇 번이나
지났고, 그 인도 곁에 있는 올리브영에 가서 화장품도 샀는데 거기가
김수영 시인 생가 자리였다는 사실을 까마득하게 몰랐다. 이상한 죄

책감이 밀려들었다. 설명을 들은 후 우리는 한 블록 정도 걸었다.

여기는 마리서사 자리예요.

하고 오창은 평론가는 예고 없이 멈춰서 구부러진 인도를 향해 네모
를 그렸다.

여기가 원래는 사각 반듯하게 상가가 있었는데 상가 자리에 인
도가 생긴 것 같아요. 그래서 이 인도가 마리서사 자리라고 볼 수 있
어요.

시인 박인환이 운영했던 마리서사 서점에 김수영이 자주 들렀
다는 이야기는 책에서 본 기억이 있었다. 그리고 언젠가 강원도 인제
에 위치한 박인환문학관에서 봤던 마리서사의 모습도 꽤 인상적이
어서 마음에 두고 있었는데, 그 자리가 이렇게 종로 한복판이었을 줄
이야. 그렇게 시작된 시인의 행적을 볼 때마다 충격이었다. 아무런
보존도, 표시도, 장례도 없이 방치되고 있다는 것이.
마리서사 자리에는 은행나무 한 그루가 있었다. 그 자리에만
은행나무가 있는 게 아니라 가로수로 조로록 심겨 있어 특별할 것
도 없는 나무였는데, 나는 마리서사 자리에 서 있는 은행나무를 계
속 올려다봤다. 실제로 문학기행이 있던 날은 그 은행나무에서 은행

잎들이 우수수 떨어졌는데, 나는 그 은행잎을 받기도 하고 줍기도 해서 나의 수첩에 붙여두었다. 수첩에는 2018년 마리서사의 은행잎, 이라고 간단하게 써두었다. 이것도 직업병이라 바람이 불고 은행잎이 떨어지는 그 사소한 풍경도 거기 있던 시인의 유령이 와 흔드는 것처럼 느껴져 그냥 밟아버릴 수가 없었다.

그다음으로는 시인이 머물던 고모 댁, 그다음으로는 어머니가 운영했던 식당 유명옥 자리. 그다음에 택시를 타고 구수동 사거리에서 내려 조금 걸었다.

여기가 시인이 죽은 장소예요. 버스가 이렇게 들어왔을 거고……

일행은 좁은 인도에서 걸음을 멈췄는데, 위대한 시인이 죽은 장소라고 생각할 수 없을 만큼 평범하고 평범한 왕복 4차선 도로였다. 부스도 없이 좁은 인도에 팻말 하나 덩그러니 박혀 있는 정류장. 신수중학교라는 버스정류장 팻말. 그 뒤로 101동과 102동이 전부인 영풍아파트, 그 옆으로 황금열쇠, 늘 행복한 식탁, 기도의 집, 마포장, GS편의점, 그리고 바로 구수동 사거리로 이어졌다.

우리가 그 장소를 특별하게 바라보는 동안에도 사람들은 도착하는 버스를 타고 사라지거나 아파트로 들어서거나 인도를 걸어갔다. 편의점에서 담배를 사서 나오고 마포장에서 짜장면을 먹고 나온 사람들이 이 길을 지나갔다.

계속해서 누구를 치고 왔을지 모르는 버스들이 정류장에 멈췄다. 버스가 가까워지자 나도 모르게 몸이 움츠러들었다.

거기서 나는 시인의 두 번째 장례를 치렀다. 시인에게는 두 번째겠지만 나에게는 첫 번째 장례식. 상복도 입지 않고 그저 마음으로만 비는 명복. 영정 사진도 없었다. 아무도 울지 않았다. 아무래도 시인이 죽은 자리에서 문학기행이라는 말은 어울리지 않는 것 같기도 하고, 비극적인 자리이니만큼 나는 그날 거기에 모인 사람들을 조문객이라 생각하기로 했다.

시인은 오십 년 전에 죽었고, 그의 삶과 죽음은 이토록 오래 기억되니까, 시인의 장례식은 아직도 느리게 진행 중인 것이다.

활자(活字)는 반짝거리면서 하늘 아래에서
간간이
자유를 말하는데
나의 영(靈)은 죽어 있는 것이 아니냐

(중략)

그대는 반짝거리면서 하늘 아래에서
간간이 자유를 말하는데

김수영 시인이 버스에 치여 사망한
마포 구수동의 버스정류장 앞.

우스워라 나의 영(靈)은 죽어 있는 것이 아니냐

- 〈사령(死靈)〉(1959)에서

그렇게 시인은 사라졌다. 밖으로 빠져나갔다. 그토록 사랑했던, 그리고 미워했던 이 세상 밖으로 나갔다. 그렇게 한 인생이 끝났다.

그러나 시인은 살아 있을 때 "나의 영은 죽어 있는 것이 아니냐"고 반문한 적이 있는데, 살아서 죽었던 영은 죽어서 살아났을 수도 있다고 거칠게 가정해본다면, 지금 시인은 죽어서 살아난 것이다. 그러므로 나는 그곳에서 시인이 살아났다고 함부로 생각했다.

이렇게 죽은 채로 시인이 본격적으로 살기 시작해서, 내가 구수동에 머무는 동안 호되게 혼나는 것처럼 머리칼이 쭈뼛 선 것이다. 넝쿨째 달려 있는 호박이, 흐린 하늘에 불어오는 바람이, 거기 남아 있는 모든 것이 아직 생생하게 살아 있는 것처럼 살을 찔러서, 움찔 움찔 살아나는 것 같아서, 시인이 죽은 자리에 초록 버스가 지나갈 때마다 살아 있는 시인의 영을 계속 밟는 것 같아서, 피가 아팠다.

문 장 을
파 는
일

시인은 구수동에서 양계를 했다. 처음엔 닭을 열 마리 정도 키웠는데 닭이 죽지 않아서 알을 낳았고, 닭이 늘었다. 그렇게 시작한 양계 일을 두고, 시인은 이렇게 말한다.

　"난생처음으로 직업을 가진 것 같"[3]았다고. 나는 시인의 기구한 이야기를 읽으면서 허탈함에 웃었다. 웃다가 이내 아, 이러면 안 되지 하면서 얼굴에 웃음을 거두고 정색하였다. 특히 이런 구절에서.

　한국의 양계는 한국의 원고료 벌이에 못지않게 비참합니다.[4]

　원고료 벌이라는 말이 너무도 익숙했다. 오십 년이나 지났는데 시인들의 삶은 어찌 이리도 똑같을까. 이 글을 쓰고 있는 지금도 나는 돈을 기다리고 있는데 그 마음을 들킨 것 같아 흠칫 놀랐다. 돈을 기다리는 내가 돈을 기다리는 시인에게 비루한 삶을 들켜버린 것만 같다. 그러니까 시인과 나는 같은 편인 것만 같다.

　어쩌면 시인은 그리도 돈이 모이지 않는 곳으로만 가서 없는 돈을 그리워하며 슬퍼할까. 그는 양계가 "한국의 원고료 벌이에 못지않게 비참"하다고 썼다. 그나마 원고료를 벌어도 다시 닭 사료와 닭의 약 비용으로 지출할 수밖에 없는 구조 속에서 시인의 네 식구가 살았다. 이쪽에서 돈이 생기면 저쪽으로 채워 넣고, 저쪽에서 돈이 생기면 이쪽으로 채워 넣을 수밖에 없는 양계와 원고. 살아보겠다고 발버둥치는 구멍 난 인생이 거기 있었다.

4인 가족이 살기 위해서는 얼마가 필요했을까. 아이 둘을 공부시키고 네 식구의 입에 밥이 들어가고 연탄을 사고 옷을 입고 버스를 타고 살아가는 그 돈, 아무리 아껴 써도 살기 위해 나갈 수밖에 없는 그 돈. 돈.

시인은 담뱃갑에 원고료와 날짜, 아이들 학비와 날짜를 적었다. 그것을 보고, 한숨을 쉬고 화도 치밀었을 것이다. 돈이란 게 그렇다. 온다고 한 날짜에 오지 않으면 불안이 눈덩이처럼 불어나 불안하고 그 불안이 나를 잠식하고 또 불안하고 그러면서 나에게 입금을 하지 않는 그 사람의 얼굴이 하루 종일 동동 떠다니게 하는 것. 어차피 내가 받아야 할 돈인데 나에게 오는 날을 내가 정할 수 없고 그래서 내가 필요한 날에는 늘 빚쟁이처럼 마음 안쪽이 다 헐어버리도록 불안해진다는 것.

인생을 통째로 외상한 기분.

진정한 '나'의 생활로부터는 점점 거리가 멀어지고, 나의 머리는 출판사와 잡지사에서 받을 원고료의 금액에서 헤어날 사이가 없다.[5]

는 시인의 고백은 사실이다. 돈이 머리에 가득 찼을 것이다. 그것을 시인은 "매문(賣文)"이라고 했다. 글을 파는 일, 이것을 또 속물의 일이라 했다. 글을 파는 일. 출판사가, 잡지사가 정해준 글을 쓰고 그 대가로 돈을 받는 일. 대부분의 작가들은 아직도 이렇게 산다.

노랭이라는 말을 들으면서 원고료를 받는 즉시 꼬박꼬박 가족의 생활비로 털어 넣은 김수영 시인의 머릿속에 돈이 떠난 날이 있었을까. 시인은 그런 저를 속물이라고 말하는데, 속물이 아니고서야 도무지 살아남을 수 없는 이 자본주의의 구조 속에서, 또 돈벌이라고는 배워본 적이 없는 시인이 내다 팔 거라고는 문장밖에 없었을 거다. 지금의 시인들 역시 제 글을 팔아 먹고사는 시늉을 하고 있으니 이 굴레 밖으로 크게 벗어나지 못했다.

나 역시 돈에 대해서라면 할 말이 많다. 종일 원고료를 기다리며 지냈던 겨울이 있었다. 해도 해도 너무한 그때의 사건을 나는 원고료 사태라고 부르는데, 일을 마친 지 5개월이 지나서야 원고료가 찔끔찔끔 들어왔다. 그때 내 핏줄은 죄다 오그라드는 것 같았고, 원고료를 지급해야 할(문학이 아닌 취재 일로) 업체에 연락을 취해도 자신들도 아직 돈을 받지 못하고 있다는 대답만 했다. 분명 2월까지 책을 내야 한다고 해서 그토록 서둘러 일을 했는데, 차비도 돌려받지 못하는 상황이 됐다. 나는 그때 겨울에 시작해 겨울에 끝낸 일에 대한 대가를 여름이 시작될 무렵에 받았다. 그러니 자연히 중간 중간 빚이 늘었다. 형제들끼리 다달이 오만 원씩 모으는데, 거기에서 돈을 빼서 썼다. 부모님 생신이나 어버이날 혹은 부모님께 목돈이 들어갈 일이 생기면 쓰자고 모은 돈인데, 그것도 여동생과만 내통하고 남동생에게는 비밀로 하고 썼다. 그리고 어렵게 받은 그 돈으로 돈을 메꾸고

나면 남는 것이 없었던 그런 계절이 떠올랐다.

　　대부분의 시인들은 지금도 돈 때문에 마음을 졸이며 산다. 지금 김수영 시인은 죽었으니 그 밥벌이에서 벗어났겠다. 그러니까 더 이상 글을 팔지 않아도 되겠다. 그러면 팔지 않아도 되는 글을 쓰겠다. 정부고 뭐고 눈치 보지 않는 글을 쓰겠다. 지금 쓰는 시인의 글은 얼마나 놀라울까? 시인의 최근작이 궁금해진다.

너
거기서
자유롭냐?

시인이 살았던 집은 여기쯤, 있었을 거라고, 영풍아파트의 일층 앞에서 오창은 평론가가 설명했다. 아파트 일층 안쪽으로, 시인이 앉았을 방과 책상과 묵직한 분위기가 떠올랐다. 시인의 방에 흐르는 특유의 공기가 있었을 것이고 담배 연기와 종이 냄새, 그리고 잉크 냄새가 있었겠지. 후에 김수영문학관에 가서 시인이 메모해놓은 구절을 보고 시인의 하루를 가늠한 적이 있다.

　　글쓰기, 아침 네 시간
　　책 읽기, 아침과 오후 도합 네 시간

밥 벌기, 오후 혹은 밤 네 시간

'일과'라는 글자에 네모 칸까지 만들어놓은 제목에 글쓰기, 책 읽기, 밥 벌기가 조로록 놓여 있는 시인의 하루. 저 모든 일이 시인의 방에서 이루어졌으리라.

나는 가끔 그런 생각을 한다. 우리가 이토록 자주 시인을 회자하는데 정말 시인은 이 세상에서 사라진 걸까? 시인이 다시 태어나 어딘가에 살고 있지 않을까? 다른 모습으로 다른 이름으로, 살고 있다가 여기, 구수동에서 묘한 슬픔을 느낀다면, 그 사람을 시인이라고 불러도 될까.

아니면 이 집에 김수영 시인의 다음 몸이 와서 살고 있는 게 아닐까. 자신의 방을 되찾아서 그 자리에 그대로 앉아 있는 게 아닐까. 얼굴과 몸이 변해서 아무도 알아볼 수 없는 모습으로 일부러 신분을 감추면서 더, 자유롭게, 그래서 완전히 자유롭게 다시 살고 있는 게 아닐까.

배가 가라앉고, 국정이 농락당하고, 그런 일들을 보고 싶지 않아서 시인은 일부러 다른 몸으로 다시 태어나 변장하고 거기에 앉아 있는 게 아닐까. 이런 시대를 보고 시인이 이리 조용할 리 없는데 그의 방은, 아니 그의 방이 있던 자리는 조용해도 너무 조용했다.

김수영 시인의 삶은 늘 벼랑이었다. 전쟁이 그랬고, 포로수용소에서의 삶이 그랬고, 시시각각 바뀌는 현실이 그랬다. 시인은 계속해서 편을 들라고, 강요당했다. 이쪽 아니면 저쪽. 그 두 갈래에서 어디로든 속해 있어야 하는 시대.

그러나 시인은 다만 사람이었다. 사람답게 살고 싶은 사람. 세상을 사랑하고 그래서 이 세상에서 자유롭고 싶었던 사람. 사람. 그런 사람의 편이었다.

평생 시인이 앓았던, 자유.
내가 그 자유를 사는 것이 시인에게 진 빚을 갚는 길인 것 같다. 나는 사람의 편에서 무엇을 해야 하는가.

나 역시 이 지구를 지나갈 것이다. 생활하고 살아가고 살아내고, 돈을 기다리고 시를 쓰고 지우면서 지나갈 것이다. 나 역시 시인처럼 지나갈 뿐이다.

영원을 두고 할 수 있는 일은 없다. 그렇기에 나는 다만 시인처럼 하루하루 살면서 시를 쓸 뿐이다. 매일 읽고 쓰고 돈을 벌면서, 그렇게 살면서 시인에게 조금씩 가까워지는 것이다. 지금 여기에서 벌어지는 슬픔을 외면하지 않고, 현재를 자각하고 깨어 있는 것, 그래서 시키는 대로 살지 않고 나의 의지대로 사는 것. 그것이 시인이 내게 말해주고 싶은 진짜 '자유'가 아닐까?

여전히 시인이 살던 구수동에는 사람이 살고 버스가 지나간다. 바람이 불고 비가 내린다. 거기에선 아직도 언제 끝날지 알 수 없는 장례식이 이어지고 있다. 이토록 긴 장례식에 방문할 때는 상복이나 부의금을 챙기지 않아도 된다. 다음 질문에 대한 대답 하나는 꼭 준비해야 한다.

자유롭냐?
너, 지금 거기에서 자유롭냐?

자책하며,
쓴다

정용준
소설가

쓴 다

김수영의 시를 읽으면 그가 품은 문학의 마음이 읽히고, 그가 쓴 산문을 읽으면 김수영이 읽힌다. 시인 김수영. 생활인 김수영. 화가 난 김수영. 부끄러운 김수영. 초라한 김수영. 술꾼 김수영. 변덕쟁이 김수영. 자책하는 김수영. 작가 김수영. 등등. 시인으로서 당연히 그가 좋지만 그저 김수영으로도 나는 그가 좋다. 그가 산문을 통해 말해 준 것들과 그래서 알게 된 것들이 좋아서가 아니다. 좋아할 만한 사람이라서도 아니다. 솔직히 말해 김수영은 작가로서는 존경할 만하나 생활인으로서는 실망스러운 점이 많다. 하지만 나는 그를 결과적으로 좋아하는데, 작가가 자신이 갖고 있는 모든 재료와 원료를 가감 없이 글로 썼기 때문이다. 어찌 보면 거의 일기에 가까운 글을 써준, 그래서 지금 이 시점에 읽을 수 있게 해준 작가로서 김수영이 좋은 것이다.

어느 문학 모임에서 A가 B에게 물었다. '문학은 ○○이 아니다' 라는 문장에 당신은 어떤 단어를 넣고 싶은가? 질문을 받은 B는 잠시의 망설임도 없이 일기, 라고 말한 뒤 '문학은 일기가 아니다'라고 답했다. 질문과 답을 들은 사람들은 대부분 고개를 끄덕였다. 나는 그 말에 반은 동의하고 반은 동의하지 않는다. 맞다. 문학은 일기가 아니다. 자신의 일기를 문학이라고 주장하거나 착각하는 글쓴이를 만나면 당혹스럽다. 자기에게 일어난 사건을 곧 소설적인 장면이라 믿고, 자기가 느낀 감정을 특별한 문학적 발견으로 인지하며, 자기가 겪는 마음의 문제나 모종의 발견이 곧 시적인 순간이라고 강하게 주장할 때 독자는 민망해진다.

개인에게 일어난 일은 사적이고 그래서 고유하지만, 사건 자체는 일반적이고 상투적이다. 경험과 사건 그 자체만 놓고 보면 사람들은 비슷한 일을 비슷한 순서로 비슷한 과정에 따라 겪는다. 학교에 가고 사춘기를 겪고 사랑에 빠지고 이별을 겪는 등등. 이야기의 세계에서 말 그대로 새로운 것은 없다. 소재별로 장르별로 스타일별로 비슷하게 묶어서 말할 수 있는 게 이야기다. 하지만 그 일을 겪고 느낀 감정과 감각은 고유하다. 그것을 잘 표현하고 설명해낼 수 있다면 그것은 유일한 것이 되고 때로는 새로운 것이 되며, 문학적인 의미와 가치도 발생한다. 그런 점에서 모든 이야기는 상투이지만 이야기를 관통하고 있는 시선과 의식은 고유해야 하는 것이다. 독자들이 좋아하는 작가의 글을 읽으면 한두 문장만 읽어도 금방 그의 독특한 말투와 음성을 알아듣는 기분을 느끼는 것은 이야기와 소재와 조건과 단어 때문이 아니다. 그것들을 잇고 합성하며 전에 없던 새로운 것으로 만들어가는(변해가는, 탄생하는) 핵심 요소가 작가에게 있기 때문이다. 감정. 시선. 뉘앙스. 좋아하는 단어. 매료된 풍경. 리듬. 반복과 변주. 이것들은 모두 '그 작가'에게만 있는 DNA 같은 것이다. 그러니까 문학은 어떤 의미에서 철저히 작가만의 사적인 일기 비슷한 것이 되어야 한다. 김수영은 작가가 갖고 있는 사적인 감각과 인식을 일기처럼 적나라하게 쓰기만 해도 그 자체로 훌륭한 문학이 될 수 있다는 것을 잘 보여준다.

김수영은 자학한다. 수치를 느끼고 부끄러움을 토로한다. 다른 작가들을 무시하거나 비판하고 때론 비난한다. 자꾸 화를 낸다. 어떤 것도 그냥 지나치지 못하고 쉽게 받아들이지 못한다. 흥분하고 소리친다. 그의 어떤 산문은 글이라기보다 말에 가깝다. 아니, 말이라기보다 고함에 가깝다. 그러나 나는 그의 감정이 변덕스럽고 뒤섞여 있는 것이 좋다. 자신의 시를 미워하고 사랑한다. 잘나가는 시인을 신랄하게 비난하고(질투하고) 혐오 발언을 돌을 던지듯 내뱉으며 동시에 밀려오는 자괴감에 몸부림친다. 때론 지나치게 위악적이고 어떤 날은 지나치게 저자세로 자신의 글을 반성한다. 혼자 너무 진지하고 너무 심각하다. 그래서 나는 그가 좋다. 어떤 이들에게는 아무짝에도 쓸모없는 것들에 대해, 그래서 쓰레기 같은 것들에 대해 말하고 의미를 부여하는 그의 솔직하고 자유로운 글이 좋다. 팔 수 없는 것. 가격을 매길 수 없거나, 가격을 매기면 헐값으로 떨어지는 인식과 생각들이 그의 글에서는 반짝반짝 빛난다. 그가 빛나게 쓰는 게 아니라, '빛나게 쓰지 못하지만 그래도 나는 쓰겠다'라는 마음으로 쓰는 그의 글이 내 눈에 빛나 보이는 것이다.

그렇게
쓰면
안 돼

김수영은 산문 〈박인환(朴寅煥)〉(1966)에서 이렇게 말했다.

나는 인환을 가장 경멸한 사람의 한 사람이었다. 그처럼 재주가 없고 그처럼 시인으로서의 소양이 없고 그처럼 경박하고 그처럼 값싼 유행의 숭배자가 없었기 때문이다. (중략) 나는 그 후 인환에 대해서 쓴 나의 유일한 글에 그런 욕을 쓴 것이 여간 마음에 걸리지 않았다. 거짓말이라도 칭찬을 쓸걸 그랬다 하는 생각까지도 들었다. (중략) 어떤 사람들은 너의 〈목마와 숙녀〉를 너의 가장 근사한 작품이라고 생각하는 모양인데, 내 눈에는 '목마'도 '숙녀'도 낡은 말이다.

산문 〈마리서사〉(1966)에서는 박인환이 운영하는 서점 마리서사를 언급하며 허영과 허위로 가득한 시인들을 조롱하고 비난한다. 특히 박인환의 시를 언급하면서 그가 요란스러운 현대 용어들을 그저 나열만 하면서 소위 '난해시'라는 것을 쓴다고 비판하기도 한다. 나는 박인환에 대한 김수영의 주장을 옳다 그르다 할 생각은 없다. 사실 당시 박인환의 위치와 그에 대한 평가만 놓고 보면, 박인환이 재주가 없고 시인으로서 소양이 없다는 김수영의 말에 선뜻 동의해주기는 어렵다. 어찌 보면 박인환이 누리고 있는 것들이 부러운 열등감의 표현일 수도 있다. 박인환 입장에서는 억울할 일이다. 박인환은 당시 김수영보다 훨씬 더 주목받는 위치에 있었고, 심지어 김수영에게 다양한 기회를 제공해주며 활동을 돕기까지 했다. 보기에 따라서는 김수영이 은혜도 모르고 박인환에게 콤플렉스를 갖고 적대적으로 굴었다고 볼 수도 있겠다. 그러나 나는 김수영이 박인환에 대해 그렇게 말한 것이 좋다. 할 말이 있다면 말을 하는 작가. 그것이 마음에 걸리고 미안하더라도 그 말을 하는 것만이 자신의 문학성을 지키고 주장하는 방법이라면 기어이 쓰기를 선택하는 작가. 공격과 비판을 받겠지만 써야 할 것이 있다면 쓰면서 앞으로 나아가는 작가.

〈제정신을 갖고 사는 사람은 없는가〉(1966)라는 산문에서는 동시대 작가들이 치열하게 쓰지 않음과 조금 더 문학적인 단계로 올라서지 않으려는 현실을 비판하기도 한다.

제정신을 갖고 사는 사람은 없는가? 나는 이 제목을, 제 시를 쓸 수 있는 사람은 없는가로 바꾸어 생각해보아도 좋을 것 같다. (중략) 제정신을 갖고 사는 사람은 없는가. 이것을 이번에는 좀 범위를 넓혀서 시를 행할 수 있는 사람은 없는가로 바꾸어 생각해보자.

김수영은 시를 쓰는 것과 시를 행한다는 것 둘 모두에서 제정신을 갖고 살아야 한다고 주장한다. 시를 행한다는 문장이 직관적으로 와닿는다. 그는 또 〈문단추천제 폐지론〉(1967)이라는 글에서 이렇게도 썼다. "시나 소설을 쓴다는 것은 그것이 곧 그것을 쓰는 사람의 사는 방식이 되는 것이다. 따라서 시나 소설 그 자체의 형식은 그것을 쓰는 사람의 생활의 방식과 직결되는 것이고, 후자는 전자의 부연이 되고 전자는 후자의 부연이 되는 법이다." 그러니까 김수영은 글을 쓰는 이들에게 쓰기와 삶 모두에서 어떤 치열함을 요구하고 있다. 또한 김수영은 자신에게 욕설을 내뱉는다. "나는 속물이다." 하지만 공교롭게도 그 자학에 가까운 글 〈이 거룩한 속물들〉(1967)을 읽는 이들은 어째서인지 자신의 일기를 읽고 있는 듯한 공감과 부끄러움을 느끼게 된다.

나를 보고 속물에 대한 욕을 쓰라는 것은 아무개 아버지를 보고 자기가 도둑질을 한 집의 담에 가시철망을 치라는 것과 마찬가지로, 이보다 더 어색한 일이 없다.
우선 나는 지금 매문(賣文)을 하고 있다. 매문은 속물이 하는 짓이다.

속물 중에도 고급 속물이 하는 짓이다. 나뿐만 아니라 모든 매문가의 특색은 잡지나 신문에 이름이 나는 것을 좋아하고, 사진이 나는 것을 좋아하고, 라디오에 나가고, 텔레비에 나가서 이름이 팔리고, 돈도 생기고, 권위가 생기는 것을 좋아한다. 입으로야 물론 안 그렇다고 하지. 그까짓 것, 그저 담뱃값이나 벌려고 하는 거지. 혹은 하도 나와달라고 귀찮게 굴어서 마지못해 나간 거지, 입에 풀칠을 해야 하고 자식새끼들의 학비도 내야 할 테니까 죽지 못해 하는 거지, 정도로 말은 하지. 그러나 사실은 그런 것만도 아닐걸…… 그런 것만도 아닐걸…….

매문(賣文)은 죽음, 가난과 함께 김수영을 평생 근심케 한 세 가지 큰 문제 중 하나였다. 글을 쓰는 행위의 가장 큰 이유가 그저 돈을 벌고 명성을 쌓기 위함이라는 인식. 작가는 글을 쓴다. 그 대가로 정당한 돈을 받고 명성도 얻는다. 이게 왜 문제란 말인가. 하지만 쓰는 자들은 안다. 글을 쓴다는 것은 단순히 글자들을 나열해서 말이 되게 만들고 요구한 매수를 채워서 발표하는 것이 아니라는 것을. 글을 써서 어느 정도의 명성만 얻게 되면 아무 글이나 써도 돈을 받고 작가로 살아가는 데 아무런 문제가 없지만 그것은 작가에게 있어 비윤리적이고 무책임한 일이라는 것을. 김수영은 그런 일련의 과정이 작가로서의 자아를 잃고 그저 생활인으로 글을 써서 돈을 버는 직업인의 정체성만 얻는 과정이라며 경계하고 있다. 당시 그의 목소리와 주장

김수영의 시〈달나라의 장난〉(1953)
육필 원고(김수영문학관).

나는 결코 울어야 할 사람은

영원히 나 자신을 고쳐가야 할

고 使命에 놓여 있는 이 밤에

나는 한사코 放心조차 하여서는

될터인데 나를 비웃는 듯이 돌고

팽이는 나를 비웃는 듯이

이 얼마나 큰 영향을 주고 도전이 됐는지 모르겠지만 기이하게도 세월이 흘러 흘러 나에게는 영향을 주고 도전이 된다. 그의 말에 동의해서가 아니다. 김수영이 날을 세우고 비판하는 목소리가 자기 자신을 향해서도 가감 없이 이루어지기 때문이다.

이렇게
써 도
될 까?

김수영의 산문을 읽을 때 가장 내 마음을 건드리는 것은 그가 자책하고 괴로워할 때다. 아무 말이나 내뱉고 필요 이상으로 스스로를 꾸짖는다. 보기에 따라서는 감정에 휘둘려 뜨거운 문장을 마구 휘갈겨 쓰는 것처럼 보인다. 휘갈겨 쓴다고? 아니다. 그렇게 말해선 안 된다. 그의 진지함과 문학적 태도를 함부로 폄훼하는 것은 무례한 일이다. 그는 글에 대해 무척이나 엄격하고, 스스로 극복할 수 없을 정도로 높은 수준의 목표를 정해놓고 있다. 지나치게 이상적인 기준을 마치 작가라면 누구나 행해야 하는 것으로 상정하고 있다. 때문에 그는 매일이 괴롭고 아무리 애써도 성에 차지 않는 불행한 작가가 된다. 게으르다 느끼고 무책임하다 느끼며 함부로 막 쓴다는 자책으로 몸과 마음을 학대한다. 〈글씨의 나열이오〉(1967)란 글에서 그의 자책은 지나칠 정도여서 읽기가 괴로울 지경이다.

며칠 전에 〈깨꽃〉이라는 몇 해 전의 작품을 어디다 주려고 청서를 하면서, 그러나 그들의 오해가 내 오해로 변했소. 무슨 말이냐고? 이 〈깨꽃〉이라는 글 중의 어디에서 시를 찾을 수 있는지 모르겠소. '의미'로서의 시가 없소. '의미'로서의 시가 안 되오. 그것은 그냥 글씨의 나열이오. 미안하오. 그 글씨의 나열에 대해서 오천 원이나 받아서 미안하오.

자신이 쓴 시가 글도 아닌 그저 글씨의 나열이라는 고통스러운 인식. 애써 쓴 시에서 전혀 시를 발견할 수 없다는 슬픈 고백. 그냥 아무 '의미'도 발생시키지 못하는 글씨의 나열을 돈을 받고 쓰고 시로 발표하고 있다고 자책하는 작가의 마음이란 도대체 어떤 걸까? 그것을 모른다고? 안다. 너무나 잘 알기에 미안하지만 웃음이 나올 정도다. 자책과 자학이라면 나도 절대로 뒤지지 않는데, 김수영의 글을 보고 있으면 나 정도면 괜찮구나 싶은 기이한 안심과 위로를 얻는다. 내 글이 고장 나 있다는 불안. 그동안 더 나은 것을 쓴 적이 없고 더 나은 것을 쓸 자신도 없는 무기력한 상태. 하지만 포기하고 싶지도 않은 복잡한 마음. 훌륭한 작가라면 이런 나약한 마음을 이겨내고 자신감 있게 쭉쭉 써나가야 하는 것 아닐까? 하지만 나는 안다. 이제는 가까스로 알게 됐다. 비정상적인 불안과 자책 속에 시달리는 상태가 작가에겐 정상적인 상태라는 것을.《예감은 틀리지 않는다》의 작가 줄리언 반스는 한 인터뷰에서 이렇게 말했다.

"내 안에 책이 단 한 권뿐이면 어쩌지? 라고 생각합니다. 하지만 다른 작가들도 나와 비슷할 거라고 여겨집니다. 그러니 다음 소설은 쓰기가 더 어렵기 마련이지요. 하지만 고도의 불안 상태가 소설가의 정상적인 상태라는 건 확신합니다."

버지니아 울프는 메모장에 비슷한 마음을 담은 문장을 남겼다.

"소설이 형편이 없어서 절망적임. 이런 걸 어떻게 잔뜩 설레기까지 하면서 쓸 수 있었는지 모르겠음."

작가는 오른손엔 나르시시즘의 거울을, 왼손엔 부끄러움의 거울을 들고 번갈아 쳐다보는 존재다. 어떤 날은 자신감과 자부심으로 하늘 끝까지 올라가는 새였다가, 어떤 날엔 자괴감과 부끄러움으로 땅속까지 파고드는 두더지 같은 존재다. 밤에는 독자에게 보내는 편지 같은 마음으로 설레기까지 하며 글을 쓰다가도, 한낮의 태양 속에서는 자기가 쓴 못난 글이 독자들에게 읽힐까봐 전전긍긍하며 땀 흘리는 존재다.

그래도
쓴다

그러나 김수영은 썼다. 쓸 수 없는 마음과 쓸수록 어두워지는 마음에 대해서도 썼다. 쓸 수 없는 모든 이유를 이용해 썼고, 심지어 쓸 수 없다는 말조차 글로 썼다. 내가 김수영에 대해 쓰기로 마음먹었던 가장 큰 이유가 바로 그것이다. 그는 어쨌든 썼다는 것.

롤랑 바르트의 강의를 책으로 엮은 《마지막 강의》에서 롤랑 바르트는 그 같은 작가의 열등감과 자신 없음을 이겨내는 여러 방식을 제시하고 있다. 플로베르는 솔직하지 않은 자기방어적인 최면을 마음에 장착하고 글을 썼다. 그는 스물다섯 살에 "나는 아무것도 출간하고 싶지 않다. 그것은 내 삶의 화려한 시절 내가 스스로에게 했던 하나의 주장이자 서약이다"라고 말했고, 서른두 살에는 "출간은 상당히 어리석은 짓이다"라고 했으며, 마흔한 살엔 "출간해야만 한다는 습관적 사고 때문이다. 나로서는 전혀 필요성을 느끼지 않는 사실이다"라고 했다. 지금 생각해보면 우습기도 하고 서글프기도 하지만 한편으로 귀여운 아우성이다. 루소도 비슷하다. "내가 만드는 것을 엿보는 것. 이 원고들을 걱정하는 것. 그것들을 가로채는 것. 그것들을 없애는 것. 그것들을 위조하는 것. 이 모두가 이제부터 나와는 무관하다. 나는 그것들을 가리지도, 보여주지도 않을 것이다." 보들레르는 '내 글은 독자를 위해 쓰는 것이 아니다. 독자는 나를 이해할 수도 없을 것이다. 그러니까 나는 마음대로 쓸 테다'라는 식으로 글을 썼다. "어떤 책이든지 이해된다는 것은 저자의 만족을 위해서 정말 필요한 것일까?" 작가들의 이런 말들은 높은 자존감 때문인 것처럼 보이지만 사실은 연약하고 두려운 마음의 증거다. 허세를 떠는 것, 허영심으로 가득 찬 것도 사실은 약하고 작아서다. 그러므로 중요한 것은 바로 이것이다. 그럼에도 불구하고 썼다는 것.

작가는 본다. 아직 존재하지 않는 문장을 본다. 아직 읽을 수 없는 문장을, 아직 배열되지 않아 혼돈 속에 뒤섞인 단어들을 본다. 문장이 지시하고 설명하려는 모종의 대상과 이미지와 생각은 작가의 곁에 있다. 분명히 실존한다. 그러나 같은 모습으로 그려낼 수 없다. 같은 질감과 색감으로 옮기지 못한다. 옆에 있는데 만질 수도 없다. 그것은 홀로그램처럼 텅 빈 채, 그러나 온전하게 서 있다. 그러나 쓰려 한다. 써야 한다. 일반화와 요약의 유혹에 빠진다. 정확하게 쓰지 못하더라도 비슷하게 표현할 수 있지 않을까. 비슷하다는 것은 거의 같다는 것 아닐까. 아니, 어쩌면 정확하게 쓰는 것은 불가능한 꿈일지 몰라. 그러나 그럴 수 없다. 잠시 펜을 던지고 드러눕는다. 능력 없음을 비난하고 게으름을 탓하고 스스로 조롱하고 조소하며 낄낄거리기도 하면서. 그러나 그것은 그냥 함부로 쓰려고 했던 것보다 더 나은 쓰기다. 그렇게 위로하기로 하자.

작가에게 가장 중요한 것은 아무튼 쓰는 것이다. 잘 쓰는 것은 그다음이다. 그러기 위해선 모든 마음을 글쓰기를 위한 재료로 사용할 필요가 있다. 모든 마음을 글을 쓰지 못하는 이유로 사용하는 것보다 윤리적이고 정당하다. 작가는 비윤리적인 것을 써내는 것이 차라리 윤리적이다. 아무것도 하지 않고 주장할 수 있는 것은 없다. 하지 않음으로서의 정의는 없다. 나는 그렇게 믿는다. 땅에 묻어두고 손해를 예방하는 것은 이미 어떤 것도 창조하지 않았으므로 가치가 없다. 어떤 창작의 에너지도 발생하지 않는다. 나쁜 에너지도 좋은 에너지도, 욕하고 논쟁할 수 있는 담론으로서의 가치조차 발생시키지 못하는 안전하고 편안한 작가들아. 쓰지 않고서 '쓰는 자'로 살 수는 없다. 김수영을 읽고 내가 한 다짐이다.

II 시인의 공간에 _____

머물다

시인의 탄생,
제국의
진주

종로,
'거대한 뿌리'의
거리

박수연

극적인 서울,
시인의 탄생

김수영은 그의 시 〈거대한 뿌리〉(1964)에서, 극적으로 변모하는 조선의 한밤 풍경을 이사벨라 버드 비숍의 조선 여행기를 인용하여 묘사한 바 있습니다. "인경전의 종소리가 울리면 장안의 / 남자들이 모조리 사라지고 갑자기 부녀자의 세계로 / 화하는 극적인 서울"의 아름다운 시간을 그의 시에 끌어들였을 때는 일제로부터 해방된 지 19년이 지난 1964년입니다. 그해는 국교 정상화를 목표로 한 한일회담에 대한 전국적 반대 운동과 함께, 식민지 조선의 역사적 운명과 해방 이후의 한국의 미래상을 반식민주의라는 관점에서 살펴보던 때였지요. 이때의 김수영은 그의 역사적 상처를 넘어서는 일련의 주제의식을 보여주고 있는데, 〈거대한 뿌리〉〈현대식 교량〉〈미역국〉〈65년의 새해〉 같은 작품이 대표적입니다. 실로 김수영의 생애와 문학은 그의 삶의 '거대한 뿌리'가 연이어 치솟고 변모하고 하강했다가 다시 솟구치는 사건들의 연속이었습니다. 그런 그의 마지막 작품이 대지에 몸을 눕히는 '풀'의 이야기라는 사실은 매우 의미심장합니다. 눕고 일어서기를 반복하는 '풀'은 단지 삶의 재현으로서의 이미지가 아니라 그의 삶 전체를 포괄하는 서사의 압축물이죠.

김수영은 1921년 11월 27일, 종로2가 58-1에서 태어났습니다. 아버지 김태욱과 어머니 안형순 사이에서 장남으로 태어난 그는 이듬해에 종로6가 116번지로 이주했기 때문에 태어난 집에 대한 기억을 가지고 있지는 않습니다. 김수영의 부모는 결혼하여 종로5가로 분가하였다가 1921년에 김수영을 낳기 위해 본가인 종로2가로 돌아왔습니다. 김수영이 이곳에서 지낸 기간은 생후 길어야 1년 정도였는데, 그 집은 김수영의 증조할아버지 때부터 그의 일가가 살아오던 곳이었지요. 종로2가의 남단에 그 집이 있었고, 집 건너편에는 탑골공원이 있습니다.

종로2가 김수영의 생가는 탑골공원 정문의 바로 길 건너에 있는 골목의 두 번째 집이었습니다. 어머니 안형순은 김수영이 태어난 대궐 같던 집이 '이명래 고약'의 종로2가 본점 건물 뒤편에 있었다고 자식들에게 종종 말해주곤 했지요. 지금 그 이명래 고약 본점이 있던 자리에는 커피 전문점이 들어서 있고, 김수영의 집터에는 YBM어학원 건물이 세워져 있습니다. 20세기 한국 현대문학의 걸출한 시인 김수영이 태어난 장소라는 사실을 알려주는 것은 종로2가 대로변에

종로2가 탑골공원 맞은편에 위치한
김수영의 생가 터. 현재 YBM어학원
건물 자리다.

초라하게 서 있는 생가 표지석 하나밖에 없습니다.

종루 거리에서
밀려나는
사람들

종로2가가 본격적으로 근대적 면모를 갖춰가기 시작한 것은 아무래도 1910년의 한일강제병합 이후입니다. 조선왕조의 수도 한양(漢陽)은 경성(京城), 곧 게이조(けいじょう)로 지칭되었죠. 도성 한양을 포함한 한성부(漢城府)가 경기도 관할의 지방 소도시인 경성부로 재편된 것은 식민지 조선의 몰락을 알리는 상징적 사건이었습니다. 1896~1897년 아관파천 이후, 덕수궁을 중심으로 대한제국의 민중을 만나고 원구단을 통해 천지신령의 보호를 도모하면서 한성부를 개조하려 했던 고종의 계획은 속절없이 허물어졌습니다.

　　서울의 면모를 전체적으로 재조정하려는 조선의 계획은 1905년 이후의 조선통감부나 1910년 이후의 조선총독부에 의해 다시 설계되었습니다. 극적으로 변모하는 서울의 정경을 식민지 권력이 재추진하게 되었다는 사실이야말로 한국 근현대사의 아픈 상처입니다. 일찍이 고종에 의해 추진된 종로 개수사업의 결과도 있었으나 서울의 전체적인 도로망을 실제적으로 재구성한 것은 통감부와 총독부였습니다. 이 경성 개수사업 계획은 1912년 11월의 관보를 통해 발표되었는데, 핵심은 을지로3가(황금정3정목)를 중심으로 방사형 도로망을 건설하는 것이었죠.

당시의 예정 노선도를 보면 을지로3가 사거리에서 종로2가를 거쳐 인사동길 끝자락까지 직선으로 이어지는 도로가 개설될 예정이었습니다. 그런데 김수영의 조부 김희종은 이 도시계획을 수긍할 수 없었을 것입니다. 그 계획대로 도로가 개설되면 그들의 집은 앞뒤로 난 대로변에 위치하게 돼서 하루 종일 소음과 인파에 시달릴 상황이었으니까요. 다행히 그 도로 계획은 곧 취소되었지만 김희종은 불안할 수밖에 없었습니다. 더구나 당시 조선인들의 경제적 상황이 대개 그랬듯이, 일본인들의 진출에 따라 가세가 점점 기울어가고 있었기 때문에, 도심의 값비싼 가옥을 팔아 변두리의 값싼 가옥을 구입하고 남는 자금으로는 새로운 생활 계획을 세우는 것이 활로를 개척하는 방법이기도 했습니다. 당시 신문에 사회적으로나 경제적으로 몰락하는 조선인들의 미래를 걱정하는 기사가 자주 실렸다는 점은 김수영의 집안에 비추어보아도 매우 정확한 시대 상황을 반영하는 것이었습니다.

마침 동대문 안쪽으로 적당한 집이 나왔습니다. 서로 이어진 두 채가 함께 매물로 나왔기 때문에, 할아버지 김희종의 생각으로는 출가했다가 혼자 된 딸이 살 곳으로도 적당했습니다. 사대문 안쪽이라는 이유 외에도 집 바로 앞으로 전차가 지나다녔기 때문에 김희종은 주저하지 않고 이사를 결정했지요. 1922년에 김수영 일가는 종로 6가 116번지로 이사를 합니다. 집 대문을 열고 대로변으로 향한 골목길을 나와 왼쪽으로 머리를 돌리면 바로 눈앞에 동대문이 보이는 곳이었습니다.

김수영 일가가 종로2가에서 밀려났다는 사실은 조선인의 경제력이 일본인에 의해 소멸해가고 있음을 상징적으로 보여줍니다. 1912년의 경성 개수사업 계획도에서 보듯 남산 앞의 통감부를 중심으로 서울 전체를 방사형 도로망으로 연결하려 했던 것은, 당시까지만 해도 아직 남산 일대에 몰려 있던 일본인의 세력지를 종로 쪽으로 확장하겠다는 의도였지요. 실제로 김수영이 태어난 종로2가의 99칸 한옥은 그들이 종로6가로 이사한 후 파괴되고 2층 양옥 건물이 세워졌는데, 몇 년 후엔 그 자리에 오쓰카 전당포(大塚質店)가 들어섭니다. 원래 오쓰카 전당포는 1906년 용산에서 창업한 영업점이었는데, 일본인들의 주요 거주지를 떠나 종로2가로 이전한 것이지요. 일본인들에 의한 조선 수탈의 한 방법이 전당업이었다는 점을 생각하면, 김수영 일가의 커다란 한옥 터에 일본인 전당포가 들어섰다는 사실은 의미심장하지 않을 수 없습니다.

이렇듯 1920년대의 경성은, 상징적으로 분할되어 있던 청계천 남쪽과 북쪽의 공간이 일본인들의 진출과 함께 뒤섞이고 있는 상황이었습니다. 또한 이 시기에는 인구 구성 비율에서 소수였던 일본인들의 땅이 조선인들의 땅보다 더 넓어지는 현상이 나타나고 있었

1927년 1월 5일자 《동아일보》의
〈경성이냐? 게이조냐?〉라는
신문기사는 당시 경성에서 일본의
지배력이 점점 커져가는 상황을
상징적으로 보여준다.

김수영이 태어난 종로2가의 99칸 한옥 터에
새로 들어선 오쓰카 전당포 사진(1931).

경성 개수사업 전(왼쪽)과 후의 종로의 모습.

습니다. 당시 〈경성이냐? 게이조냐?〉(《동아일보》 1927. 1. 5.)라는 제목의 신문기사는 이러한 현상을 시의적절하게 표현하는 것이었지요. 한자음을 우리 발음으로 읽느냐, 일본어 발음으로 읽느냐 하는 것은, 누가 경성의 지배력을 갖고 있는가를 판단하는 시금석과도 같았으니까요. 그렇게 일본인들이 점차 많아지면서 김수영의 집터 주변으로도 양품백화점, 양복점, 지물포, 카페, 축음기 상회 등이 들어서기 시작했고, 극장과 요정이 자리 잡기 시작했습니다.

종로2가 김수영 생가의 건너편에 있는 탑골공원은 당시 조선인들에게는 이중적으로 의미 있는 공간이었습니다. 총독부는 탑골공원에서 3·1운동이 시작되었기 때문에 그곳의 출입을 엄격히 통제하기 시작했습니다. 명분은 도심의 위생을 도모한다는 이유였는데, 탑골공원을 둘러싼 조선인 가옥들의 밀집 지역이 항상 생활 오물로 넘쳐나고 있었거든요. 그러나 조선인들은 탑골공원을 사용할 권리를 줄기차게 요구했으며, 총독부도 그 요구를 더 이상은 무시할 수 없어 결국 탑골공원은 조선 민중의 품으로 돌아오게 되었습니다.

조선 정치의 중심지였던 종로2가는 일제의 침략과 함께 서서히 무너져갔고, 그러한 역사의 흐름 속에서 김수영 일가도 그곳에서 밀려날 수밖에 없었습니다. 그곳에서 3·1운동이 시작되었으며 그 상징적 장소가 폐쇄되었다가 다시 조선인들의 품으로 돌아왔다는 사실은 범박하게 보면 조선의 식민지 역사를 축약해 보여주는 듯도 합니다.

종로6가 116 번지,
김수영의
정신적 고향

1922년 새로 이사한 종로6가 116번지에서 김수영은 유년기의 대부분을 보냈습니다. 조부 김희종이 택한 종로6가는 변두리일망정 사대문 안에 위치해 있어서 서울 사람 행세를 충분히 할 수 있는 지역이었습니다. 당시의 지형도가 아직도 남아 있는데, 지금의 종로6가인 당시 한성 창선방(彰善坊) 양사동(養士洞)의 골목길이 지금의 골목길과 동일한 것을 보면, 경성의 옛 골목길이 완전히 파괴되지는 않았음을 알 수 있습니다.

전차도 김수영의 가옥 앞을 지나 동대문을 통과해 지나갔습니다. 경성에 전찻길이 열린 것은 위로부터의 근대화를 꾀했던 고종이 도모한 가장 상징적인 사업의 결과였지요. 1899년 4월에 열린 전찻길은 서대문에서 시작하여 종로를 거쳐 동대문 밖 청량리까지 8킬로미터에 이르렀습니다. 처음에는 고종의 환심을 산 미국인에 의해 시작되었으나, 고종의 출자금까지 떼어먹은 그자가 일본에 회사를 매각한 후 전차는 온전히 일본인의 것이 되어 있었습니다. 전찻길은 종로를 차지하고 동대문 홍예를 관통하여 사대문 너머로 뻗어 나갔습니다. 근대 이전의 동양의 도시들이 동서(東西)로 놓인 길을 주로 경제적 기능과 결합시켰다는 점을 고려한다면, 일본인이 경성에서 운

항공사진을 바탕으로 1936년 제작된
〈대경성부대관(大京城府大觀)〉이라는
조감도를 보면, 당시의 골목길과
지금의 골목길이 거의 같음을
알 수 있다. 화살표는 김수영의
집으로 들어가는 골목길 입구. 전차가
지나다니는 대로변 오른쪽에 동대문이
보인다.

동대문 문루에서 본 종로6가의 모습(1911).

영하게 된 전찻길은 향후 조선의 경제적 판도를 장악하게 될 사람들이 누구인가를 여실히 알려주는 것이었습니다.

근대적 상행위에 아직 눈뜨지 못했던 조선의 많은 재력가들이 몰락해간 것처럼 김수영의 집안도 서서히 기울어갔습니다. 가세를 만회하려 했던 김희종은 그 전찻길이 향후 서울 교통의 중심축이 될 수밖에 없으리라 생각했을 것이고, 교통의 축이 삶의 축이라는 사실도 고려했을 것입니다. 찻길이 닿는 곳은 땅값도 비쌌지만 맹지보다는 투자가치가 월등히 높았습니다. 실제로 김수영의 부친 김태욱은 향후 가세가 기울었을 때 종로6가의 부동산을 모두 팔아 차익을 본 후 용두동으로 이사하여 거처를 마련하기도 했지요.

이러저러한 이유로 사들인 땅과 집이 있었던 종로6가 116번지는 김수영의 집이었고, 그 옆 117번지는 김수영의 고모 집이었습니다. 그리고 골목길을 나와 왼편으로 보면 동대문이 곧바로 보였습니다. 대로변에는 원래 개울이 있어서 민가의 생활하수가 끊임없이 흘러들었는데, 도시계획에 의해 사대문 안이 정비될 때 모두 복개되었습니다. 대로 건너에는 동대문 발전소를 겸한 전차 차고가 있었고, 그 뒤편으로 경성사범 부속중학교가 있었습니다. 그 경성사범 부속중학교에는 일본의 시인 우치노 겐지(內野健兒)가 1925년부터 1928년까지 국어 교사로 근무하기도 했지요. 우치노 겐지는 1921년부터 1925년까지 대전에서 《경인(耕人)》이라는 시 잡지를 발행하면서 시 동인 운동을 했고 그 후 1928년까지는 서울에서 현실주의 시운동을 하다가 총독부에 의해 추방되었는데, 그가 쓴 시집에는 조선인의 울분과 비극을 묘사한 작품이 자주 눈에 띄었습니다. 아마도 그는 조선인들이 모여 살던 종로를 거닐거나 전차를 타고 다니면서 그 조선인들을 대면하고는 상념에 빠지곤 했을 테지요.

김희종이 사대문 안쪽의 끝자락인 종로6가를 선택해서 과연 서울 사람으로서의 자존심을 지킬 수 있었는지는 알 수 없습니다. 고종의 어가 행렬이 겪는 불편함을 해결하기 위해 전찻길이 세워진 만큼 경성 사람들에게도 전차는 많은 이점이 있었겠지만, 교통의 편리함이나 경제적 측면에서의 미래성이 곧바로 삶의 명분으로 이어지는 시대는 아니었으니까요. 김수영은 할아버지 김희종의 손을 잡고 서당에 다녀야 했고, 동양의 고전을 통해 삶의 명분과 교양을 쌓아야 했습니다. 그러나 또한 공부가 미래의 모든 것으로 통하는 시대도 아니었지요. 장차 일본에 의해 장악될 조선의 삶은 많은 것들을 식민지적 굴종의 허위의식이 아니면 죽음과도 같은 고통을 견뎌야 하는 상태로 바꿔놓을 길 위에 있었습니다.

김수영은 훗날 한일회담 반대 운동이 한창이던 1964년에 저 식민주의의 과정을 이렇게 정리했습니다.

나는 우리나라의 문학의 연령을 편의상 대체로 35세를 경계로 해서 이분해본다. 35세라고 하는 것은 1945년에 15세, 즉 중학교 2, 3학년 쯤의 나이이고 따라서 일본어를 쓸 줄 아는 사람이다. 따라서 35세

이상은 대체로 일본어를 통해서 문학의 자양을 흡수한 사람이고, 그 미만은 영어나 우리말을 통해서 그것을 흡수한 사람이다. 그리고 35세 이상 중에서도 우리말을 일본어보다 더 잘 아는 사람들과, 일본어를 우리말보다 더 잘 아는 비교적 젊은 사람들이 있다. 이 후자에 속하는 사람들 중에는, 전봉건이가 언제인가 시작노트에서 말했듯이 해방 후에 비로소 의식하고 우리말을 공부한 사람들도 적지 않다. 우선 이러한 구분하에서만 보더라도 우리 문학이 얼마나 복잡한 식민지의 배경 속에서 살아왔는가를 짐작할 수 있다. – 〈히프레스 문학론〉(1964)에서

이 말이 꼭 일제 식민지 시절에만 적용될 수는 없을 것입니다. 이중언어 세대라고 지칭되는, 일본어로 생각하고 한국어로 글을 쓰는 문인들뿐만 아니라, 해방 이후의 세대에게도 이러한 허위의 삶은 지속되고 있는 것입니다. 김수영은 이를 '미 국무성 문학'이라고 규정했지요. 과연 김수영은 저 답답한 과거가 지속되고 있는 사태를 그의 현재로 다시 가져와 그 결과를 지적해두기도 했습니다.

나하고 호형호제하는 사이에 있는 어떤 소설가가 군사혁명 때에 나를 보고 '일제시대의 교련 선생이 심하게 굴던 이야기를 쓰려고 하는데 아무 일 없을까?' 하는 말을 묻기에, 나는 아무리 군정이라고 하지만 자유당 때보다는 실질적으로 언론자유가 신축성이 있으니까 아

무 일 없을 것이니 마음놓고 쓰라고 격려한 일이 있었다. 우리나라의 글쓰는 사람들의 소심증은 일제의 군국주의 시대에서부터 물려받은 연면한 전통을 가진 뿌리 깊은 것이기는 하지만, 그리고 아직까지도 '자유'의 언어보다도 '노예'의 언어가 더 많이 통용되고 있는 비참한 시대이기는 하지만, 적어도 작가라면 이런 소리를 해서는 아니 된다. '우리 문학이여, 나이를 어디로 먹었는가' 하는 한탄이 저절로 나온다. 우리나라의 펜클럽은 예프투셴코를 모르고, 보즈네센스키를 모르고, 카자코프를 모르고, 〈해빙기〉의 투쟁을 모르고, 앨런 테이트의 《현대작가론》을 모르고, Communication과 Communion을 식별할 줄을 모른다. 우리나라의 대가연하는 소설가나 평론가들이 술을 마시기 전에 문학청년에게 침을 주는 말이 있다. ─ "이거 봐, 어려운 이야기는 하지 말아!" 우둔한 나는 이 말을 완전히 이해하기까지 꼭 15년이 걸렸다. – 〈히프레스 문학론〉에서

식민지 시기에 형성된 의식 형태가 얼마나 오래도록 한국인들의 뇌를 짓누르고 있는지 확인해주는 글입니다. 그 아픈 억압의 굴레한가운데에 김수영의 집안이 가로놓여 있었습니다. 할아버지 김희종은 조선적 전통과 일본적 근대의 경계선에서 서서히 기울어갔고, 아버지 김태욱은 이도저도 해볼 수 없었던 과도기의 인물이었습니다. 김수영은 몰락해가고 있으되 아직은 여전히 사대문 안쪽이었던 땅에서 철모르던 유년을 누리고 있었지요.

김수영이 중학교 입학 전까지 유년기의 대부분을
보낸 종로6가 116번지 자리. 저 골목길을 나서면
바로 왼쪽으로 동대문이 보인다.

김수영은 1928년 어의동(於義洞)공립보통학교(현 효제초등학교)에 입학했는데, 졸업할 때까지 병약한 유년시절을 보냈지요. 급기야는 폐렴과 뇌막염을 앓아 졸업식은 물론 진학 시험도 치르지 못하고 맙니다. 김수영이 중학 입시에 실패할 즈음 그는 유년시절의 전부였던 종로6가를 떠나야 했습니다. 경제적인 어려움이 몰려오는 와중에 길이 확장되면서 김수영의 가족은 대로변에 새 건물을 들여 지전을 열었는데, 김수영의 부친은 사업에는 소질이 없는 사람이었지요. 13년 후인 1934년에 그의 가족은 다시 사대문 밖으로 밀려나야 했습니다. 가세가 기울자 그의 부친은 값비싼 땅과 집을 팔아 돈을 마련한 후 용두동에 거처를 마련했는데, 종로6가처럼 용두동도 부동산 가격이 오르리라는 기대 때문이기도 했지만 한편으로는 사대문 안 사람이라는 자부심을 놓아버려야 하는 행동이기도 했습니다.

그러나 김수영의 가족이 용두동으로 이사한 1934년 이후에도 고모가 살던 117번지는 김수영이 아지트로 삼아 드나들던 장소였습니다. 그는 선린상업학교에 재학하던 시절에도, 일본 유학에서 돌아와 만주의 지린(길림吉林)으로 건너가기 전에도, 해방 공간의 모던 청년 시절에 번잡한 유명옥을 벗어나 사색에 잠길 때도 이곳 고모님 댁에 머물렀습니다. 그런 의미에서 이곳은 그의 정신세계가 기본 형태를 이룬 곳이었고, 그가 필요할 때마다 찾아가 안식했던 장소였습니다. "대한민국의 전재산인 나의 온 정신"[6]이라고 시인 자신이 시에 썼던 그 정신의 뿌리가 바로 이곳에서 형성되었다고 해도 과언은 아닐 것입니다.

어느 날
고궁을
나오며

김수영의 유년시절이 잠들어 있는 곳, 종로. 할아버지 손을 잡고 서당을 다니고, 고열에 들떠 신음을 토해내던 곳. 첫사랑이었던 소녀가 드나들던 골목길이 있고, 훗날 아내가 될 여인을 설레며 만나던 곳. 징병을 피해 일본에서 귀국했던 시절과, 만주국에서 귀국한 뒤 대학생이 되고 모던 보이가 되어 문학청년들과 어울렸던 시절에도 그의 영원한 안식처가 되어주었던 곳. 몰락한 조선의 전통이 마지막으로 힘을 주던 동대문을 눈앞에 둔 곳.

　이렇게 김수영은 서울의 한복판인 종로에서 태어나 한평생을 서울에서 살다가 서울에서 운명을 마친 시인입니다. 그는 종로의 거리에서 '거대한 뿌리'의 밑천이 될 사람들을 만났고, 그의 시에서 속도의 근대로 표상되곤 하는 근대 문물을 접해왔습니다. "동양척식회사, 일본영사관, 대한민국 관리, 아이스크림"[7]에게서 삶의 비애를 경험해야 했다면, "요강, 망건, 장죽, 종묘상, 장전, 구리개 약방, 신전, 피혁점, 곰보, 애꾸, 애 못 낳는 여자, 무식쟁이"[8]에게서는 삶의 희열을 가져오는 동력을 경험했습니다. 그리고 삶의 식민지적 내면을 설파하면서 걸작 〈거대한 뿌리〉를 남겼습니다.

그러나 무엇보다도 김수영은 그 도시의 극적인 변모를 보면서 한 나라의 역사를 성찰할 수 있었습니다. 그가 태어나 자란 종로 거리가 그 변모의 중심에 있었지요. 경복궁과 광화문을 거쳐 나오면서, 혹은 '어느 날 고궁을 나오면서' 그는 상상력을 펼쳤을 것입니다. 그 속에서 그는 '거대한 뿌리'의 민중을 만나고, 그가 태어났던 집터를 생각하고 종로의 운명을 돌아보았을 것입니다. 그리고 그 민중 속에서 그가 얼마만큼 더 작아져야만 역사 속의 민중이 될 수 있는지 모래에게 속삭였을 것입니다. 역사의 영웅이 아니라 역사의 거대한 뿌리인 작고 사소한 민중이 될 수 있는지 생각했을 것입니다.

나는 아직도 앉는 법을 모른다
어쩌다 셋이서 술을 마신다 둘은 한 발을 무릎 위에 얹고
도사리지 않는다 나는 어느새 남쪽식으로
도사리고 앉았다 그럴 때는 이 둘은 반드시
이북 친구들이기 때문에 나는 나의 앉음새를 고친다
8·15 후에 김병욱이란 시인은 두 발을 뒤로 꼬고
언제나 일본 여자처럼 앉아서 변론을 일삼았지만
그는 일본 대학에 다니면서 4년 동안을 제철회사에서
노동을 한 강자(强者)다

나는 이자벨 버드 비숍 여사와 연애하고 있다 그녀는
1893년에 조선을 처음 방문한 영국 왕립지학협회 회원이다
그녀는 인경전의 종소리가 울리면 장안의
남자들이 모조리 사라지고 갑자기 부녀자의 세계로
화하는 극적인 서울을 보았다 이 아름다운 시간에는
남자로서 거리를 무단통행할 수 있는 것은 교군꾼,
내시, 외국인 종놈, 관리들뿐이었다 그리고
심야에는 여자는 사라지고 남자가 다시 오입을 하러
활보하고 나선다고 이런 기이한 관습을 가진 나라를
세계 다른 곳에서는 본 일이 없다고
천하를 호령한 민비는 한번도 장안 외출을 하지 못했다고……

전통은 아무리 더러운 전통이라도 좋다 나는 광화문
네거리에서 시구문의 진창을 연상하고 인환(寅煥)네
처갓집 옆의 지금은 매립한 개울에서 아낙네들이
양잿물 솥에 불을 지피며 빨래하던 시절을 생각하고
이 우울한 시대를 파라다이스처럼 생각한다
버드 비숍 여사를 안 뒤부터는 썩어빠진 대한민국이
괴롭지 않다 오히려 황송하다 역사는 아무리
더러운 역사라도 좋다
진창은 아무리 더러운 진창이라도 좋다

나에게 놋주발보다도 더 쩽쩽 울리는 추억이
있는 한 인간은 영원하고 사랑도 그렇다

비숍 여사와 연애를 하고 있는 동안에는 진보주의자와
사회주의자는 네에미 씹이다 통일도 중립도 개좆이다
은밀도 심오도 학구도 체면도 인습도 치안국
으로 가라 동양척식회사, 일본영사관, 대한민국 관리,
아이스크림은 미국놈 좆대강이나 빨아라 그러나
요강, 망건, 장죽, 종묘상, 장전, 구리개 약방, 신전,
피혁점, 곰보, 애꾸, 애 못 낳는 여자, 무식쟁이,
이 모든 무수한 반동이 좋다
이 땅에 발을 붙이기 위해서는
— 제3인도교의 물속에 박은 철근 기둥도 내가 내 땅에
박는 거대한 뿌리에 비하면 좀벌레의 솜털
내가 내 땅에 박는 거대한 뿌리에 비하면

괴기영화의 맘모스를 연상시키는
까치도 까마귀도 응접을 못하는 시꺼먼 가지를 가진
나도 감히 상상을 못하는 거대한 거대한 뿌리에 비하면……
 - 〈거대한 뿌리〉 전문

도쿄, 스무 살의 김수영[9]

연극의 꿈을 품다

서영인

미지의 공간,
4개의
나침반

2018년 12월 19일, 우리가 탄 작은 비행기는 좀처럼 나리타(成田) 공항에 승객을 내려놓지 못하고 활주로를 빙빙 돌기만 했습니다. 비용을 아끼기 위해 저가항공을 예약한 탓이겠지만, 그것이 마치 좀처럼 잡히지 않는 김수영의 도쿄에서의 행적처럼 느껴지기도 했습니다. 아직 실물로 확인된 바 없는 김수영의 도쿄 행적을 좇기에는 4박 5일의 일정은 너무 짧았고, 그나마 참고할 수 있는 자료는 빈약하기 짝이 없었습니다.

　　그러나 한편으로 가벼운 설렘도 느껴졌습니다. 답사를 준비하는 두 달여의 기간 동안 책상머리에서 오래된 책과 지도를 수십 번 들여다보며 상상했던 풍경의 실제를 만나게 되리라는 기대가 있었기 때문입니다. 물론 김수영이 도쿄에 머물렀던 1942년 어름의 풍경과 지금의 풍경이 같을 수 없고, 오히려 너무나 달라져버린 도쿄의 모습이 내가 상상했던 스무 살 무렵의 김수영을 더 멀리 보내버릴지도 모릅니다.

그래도 어쨌든 자료로만 접했던 김수영의 도쿄를 80년 가까운 시간이 흐른 후에 다시 밟는다는 생각이 묘한 긴장감을 불러일으켰습니다. 그 생각만으로도 내가 알던 도쿄와 다른 도쿄에 와 있는 기분이었죠. 누가 알겠습니까. 상상하지도 못했던 우연한 만남이 우리를 기다리고 있을지. 기대하지 않았던 풍경이, 좀처럼 잡히지 않았던 김수영의 도쿄를 새롭게 알게 해줄지도 모른다고 생각하기로 합니다.

'東京市 中野区 住吉町 54' (도쿄시 나카노구 스미요시초 54번지)
'東京市 中野区 高田馬場 350' (도쿄시 나카노구 다카다노바바 350번지)
'城北 予備校' (조후쿠 예비학교)
'水品 演劇研究所' (미즈시나 연극연구소)

최하림이 쓴 《김수영 평전》에 등장한 4가지 지표로부터 도쿄에서의 김수영 찾기는 시작되었습니다. 처음 도쿄에서 김수영을 찾기로 했을 때, '스미요시초'라든가 '다카다노바바'라든가 '예비학교'

라든가, 낯설기 짝이 없는 몇 개의 단서가 얼마나 난감하고 아득하게 느껴졌던지요. 그러니까 더더욱 꼭 찾아야 한다는 의욕이 생기기도 했습니다. 미지의 영역으로 남아 있는 도쿄의 김수영을 복원할 수 있는 좋은 기회였으니까요.

그러나 도쿄라는 곳이 만만하게 재조사를 할 수 있는 지역이 아니니 답사를 떠나기 전에 할 수 있는 사전조사는 최대한 마쳐야 했습니다. 막막했지만 의욕만은 넘쳐났죠. 한국에서 찾을 수 있는 자료들을 확인하고, 나카노구(中野区)와 신주쿠구(新宿区) 구청을 비롯한 행정기관에 문의 메일을 보내고, 확인 가능한 당시의 일본 지도들을 뒤지고, 겨우 확인한 정보를 중심으로 도쿄에서의 동선에 맞춰 빡빡하게 일정을 짰습니다. 절반은 성공했고 절반은 실패한 답사였습니다. 뒤에서도 밝히겠지만 이번 여정에서 우리가 확인한 김수영의 도쿄 시절은 앞으로도 계속 보완되어야 할 내용이며, 그마저도 확인 과정에서 우연히 만난 이들의 도움이 없었다면 불가능했을 것입니다.[10] 충분하지는 않지만 그래도 이만큼이면 다음의 연구를 위한 출발은 되리라 생각합니다.

그럼 4개의 지표를 나침반처럼 손에 쥐고, 1942년 무렵 도쿄의 김수영을 찾아 일단 떠나볼까요. 스무 살의 김수영은 도쿄의 거리에서 어떤 얼굴을 하고 있을까요.

첫 번째 하숙집,
스미요시초
54번지

1941년 12월[11] 선린상업학교를 졸업하자마자 김수영은 도쿄로 갑니다. 얼마간 준비를 하고 대학에 입학할 작정이었죠. 나카노구 스미요시초(中野区 住吉町)[12]는 도쿄로 간 김수영이 처음 하숙했던 곳입니다. 현재 위치를 확인하기 위해 나카노 구청의 호적과에 메일을 보내자 곧 답장이 왔습니다. 1942년 무렵 '나카노구 스미요시초 54'의 현재 주소는 '나카노구 히가시나카노4가(中野区 東中野4丁目)'에 해당한다는 답이었습니다. 히가시나카노는 도쿄 역과 신주쿠 역을 지나는 주오선(中央線) 철도가 통과하는 곳으로, 히가시나카노 역은 1907년에 처음 만들어졌습니다. 당시 명칭은 가시와기(柏木駅) 역이었죠. 김수영이 스미요시초에 살던 무렵에 도쿄 시내를 관통하는 주오선이 근처를 지나고 있었고, 아마 김수영이 열차를 탔다면 이 역을 이용했을 것입니다. 1938년에 만들어진 〈나카노구 상세도(中野区詳細圖)〉에는 히가시나카노 역과 스미요시초의 명칭이 뚜렷합니다.

　김수영이 살았던 하숙집은 히가시나카노 역에서 멀지 않은 곳에 있었습니다. 물론 현재의 히가시나카노 4-7-9에서 예전의 흔적을 찾아볼 수는 없었습니다. 지금 그곳에는 '나카노구 구립 고령자주택 서비스센터'가 들어서 있었는데, 1층은 노인들을 위한 여러 서비

히가시나카노 4-7-9. 김수영의
하숙집이 있던 자리에는 지금
고령자주택 서비스센터가 들어서 있다.

고령자주택 서비스센터 옥상에서 본
히가시나카노 풍경.

스를 제공하는 시설이었고 2층부터는 주로 노인들이 거주하고 있는 아파트였습니다. 주소를 제대로 찾았다는 기쁨도 잠시, 골목길에 아담하게 자리 잡은 고령자주택 서비스센터에서 도무지 김수영을 떠올릴 수 없었기에 곧 다리에 힘이 빠졌습니다. 그래도 높은 곳에서 전체의 풍경을 조망한다면 좀 다른 감각을 얻을 수도 있지 않을까 해서 센터 측에 부탁해 건물 옥상으로 올라갔습니다.

우리를 옥상으로 안내한 아파트 관리인 마쓰모토(松本) 씨로부터 중요한 정보를 얻을 수 있었습니다. 마쓰모토 씨는 70대 후반을 넘긴 나이로 중학교 시절부터 이 지역에서 살았기 때문에 히가시나카노의 옛 모습을 잘 기억하고 있었습니다. 일본 노인들의 기억은 주로 전쟁 전과 전쟁 후를 구분합니다. 마쓰모토 씨에 의하면, 전쟁이 끝난 직후, 그러니까 일본의 패전 이후 이 근방은 모두 밭이었으며 밭 사이에 드문드문 주택지가 있었다고 합니다. 그에게 한국의 시인 김수영이 여기에서 하숙을 했었다고 말하자, 전쟁 전후에 이곳은 안으로 길쭉한 주택이었는데 건물 안쪽에 세를 살거나 하숙을 하는 것이 가능했을 것이라고 합니다. 당시에는 대부분 농지였기 때문에 집세가 싸서 가난한 학생들이 다수 이 지역에 거주하고 있었다는 것입니다.

당시의 지도를 보면, 히가시나카노 역을 중심으로 그 지역의 상점가가 펼쳐져 있고 주변으로 주택가가 이어져 있는 모습을 상상할 수 있습니다. 히가시나카노 역에서 북쪽으로 4가와 5가를 가로지

르는 도로는 현재의 혼도리(本通り)로, 지금도 그렇지만 당시에도 가장 중심가였습니다. 당시 은행 거리(銀行通り)라 불리던 이 거리를 중심으로 상가가 집중적으로 형성되어 있었습니다. 걸어서든 전차를 타든 이 지역의 생활은 히가시나카노 역을 중심으로 이루어질 수밖에 없었을 것이고, 김수영은 아마도 역 주변을 자주 거닐었을 테죠. 당시의 지도에서 김수영이 하숙했던 지역은 집들이 중심가에 비해 드문드문 떨어져 있는데, 번지 표시가 되어 있지 않은 공백 부분은 모두 논밭이 있던 지역이었을 것입니다.

마쓰모토 씨가 옥상에서 보이는 풍경 한쪽을 손가락으로 가리킵니다. 훗날 중국의 수상이 된 저우언라이(周恩來)가 살던 지역이라고 합니다. 저우언라이는 20세였던 1917년 일본으로 유학을 와서 메이지대학(明治大学校)에 다녔습니다. 그가 살던 지역은 김수영이 하숙했던 스미요시초에서 500미터 정도 떨어져 있던 지역으로 지금의 히가시나카노5가에 해당합니다. 집세가 싼 덕분에 일본의 유명 작가들이 무명 시절에 많이 살았고, 외국 유학생도 많이 살았던 지역이라고 합니다. 지금처럼 번화가가 넓게 퍼져 있지 않았던 시절에 히가시나카노는 시 외곽이면서도 신주쿠 같은 번화가와 그리 멀지 않은 지역이어서 유학생이나 가난한 학생들의 주거지로 환영받았습니다.

《김수영 평전》에는 하숙집의 창밖으로 내다보는 풍경이 무척 좋았다는 친구의 기억이 등장합니다. 창밖으로 한적하게 펼쳐진 넓은 들판, 그 사이로 바람이 불고 나무가 흔들리는 풍경을 상상해봅니다. 그 풍경을 가로지르며 근처 비슷한 처지의 하숙생들끼리 서로 오가면서 책과 미래와 인생을 나누지 않았을까요. 2층에 게이오대학을 다니는 학생이 살았는데 고전음악광이었다든가, 근처에 당시 경성고보(정식 명칭은 경성공립중학교) 교장이었던 와다 히데마사(和田英正)의 집이 있어 함께 이야기를 나누었다는 기억도 등장합니다. 당시 조선의 주요 공립학교 교원들은 거의 다 일본인이었으니, 아마도 김수영과 그의 친구는 방학 중 일본으로 귀국한 와다 히데마사와 교유했던 것이겠지요.

두 번째 하숙집,
다카다노바바
350 번지

나카노구의 스미요시초 54번지를 찾는 일은 그래도 비교적 단순했습니다. 당시의 지도만 펼쳐보아도 '스미요시초'가 선명하게 표시되어 있으므로 옛날 주소를 현재의 주소로 변환하면 당시의 하숙집을 찾는 것이 가능했죠. 물론 과거의 흔적은 완전히 사라져 있었고, 김수영과 관련된 풍경을 찾아낼 수는 없었지만 말입니다. 문제는《김수영 평전》에서 두 번째 하숙집으로 나와 있는 '나카노구 다카다노바바(高田馬場) 350번지'였습니다. 나카노 구청 호적과에서는 관할 지역의 당시 지명에서 다카다노바바는 찾을 수 없다고 했습니다.

　'스미요시초'가 '히가시나카노'로 바뀌면서 지명 자체가 사라진 것과는 달리 다카다노바바는 현재에도 지명이 남아 있습니다. 도쿄 시내를 순환하는 JR(Japan Railways Group) 야마노테선(山手線)에 다카다노바바 역이 있고 그 부근이 다카다노바바 지역으로 1가(1丁目)부터 4가(4丁目)까지 이어져 있죠. '다카다노바바'라는 지명은 도쿠가와 막부의 3대 쇼군이었던 도쿠가와 이에미츠(德川家光)가 부근에 조성했던 말 연습장에서 비롯되었다고 합니다. 말을 달리며 장애물을 넘거나 말을 타면서 활을 쏘는 등 병사들의 마술(馬術) 연습장으로 '에도 100경'에 포함될 만큼 유명한 유적지였습니다. 1910년 야마노테선의 다카다노바바 역이 생길 때 부근의 유적지 이름을 따서 이름을 지었다고 합니다. 그러나 문제는 다카다노바바 역이 있었을 뿐 그 이름이 동네 이름으로 붙여진 것은 한참 뒤라는 것입니다. 1975년 일본에서 주소표시법령이 실시되면서 동네 이름(町名)의 정비 과정에서 다카다노바바 역 주변 지역이 다카다노바바 1가에서 4가까지로 변경되었습니다. 즉 1942년 무렵에는 동네 이름으로서 다카다노바바라는 지명이 없었다는 말이죠. 그렇다면 아마도 편지를 주고받거나 했을 때 주소 표시로 기록되어서 전해졌을 '다카다노바바 350'은 도대체 어떻게 된 것일까요. 필시《김수영 평전》의 기록이 잘못되었거나, 혹은 이 주소지를 알려준 인물의 기억이 잘못되었을

터입니다. 그렇다면 이 잘못된 기록 혹은 기억을 어떻게 바로잡아서 그 장소를 복원할 수 있을까요. 이번 답사의 첫 번째 난관이었습니다. 주소지 말고 다른 단서는 찾을 수 없는 상황에서 이는 거의 불가능에 가까운 과제처럼 보였습니다.

그래도 포기할 수는 없었죠. 유일한 단서는 현재의 다카다노바바를 관할하는 신주쿠 구청에서 보내온 답변 중에 있었습니다. 현재의 다카다노바바 인근 지역 중 과거에 350번지가 있었던 곳은 도쓰카마치1가(戶塚町1丁目)이고, 그곳은 현재 니시와세다3가(西早稻田3丁目)에 해당한다는 내용이었습니다. 그러나 그것만으로는 확정이 불가능했습니다. 만약 평전의 기록이 잘못된 것이라면, 어째서 도쓰카마치가 다카다노바바로 둔갑한 것인지를 해명할 수 없었기 때문입니다. 하릴없이 검색어를 바꾸어가며 당시 거리명이나 지역 구분을 찾던 중 뜻밖의 귀인을 만났습니다. 기타자와(北沢) 씨는 신주쿠구의 오치아이(落合) 지역에 살면서 오치아이 인근 지역의 역사나 지리를 주로 다루는 블로그를 운영하고 있었습니다. 그 블로그에서 1930~40년대 상가나 주택 소유자까지 표시된 '화재보험지도'나 '상공지도' 같은 지도의 존재를 알게 된 것이 큰 도움이 되었습니다. 혹시나 하고 블로그에 코멘트를 달고 난관에 부닥친 김수영 주소 찾기에 대한 문의를 했는데, 너무도 빠르고 친절하게 의문을 해소해주는 답변을 보내왔습니다. 에도 시대의 마술 연습장 다카다노바바가 있었던 지역은 도쓰카마치1가 354번지에서 454번지에 걸친 지역으로,

당시에는 '도쓰카마치'라는 공식 지명과 상관없이 통칭하여 '다카다노바바'라고 불렀다는 것입니다. 그래서 1950년대 이전이라면 '다카다노바바 350번지'라고 편지봉투에 쓰면 우편국에서 당연히 '도쓰카마치 350번지'로 배달했을 거라고, 기타자와 씨는 너무도 든든하게 확인해주었죠. 우리나라의 경우에도 국가에서 행정 구획상 나누어놓은 공식 명칭과 그 지역 사람들이 부르는 명칭이 달라 행정구역상 명칭보다 지역에서 불리는 이름이 더 익숙했던 시대가 있었음을 생각해보면 이러한 설명에는 설득력이 있었습니다. 신주쿠 구청의 답변에 기타자와 씨의 설명을 더해 김수영의 두 번째 하숙집 주소에 대해 어느 정도 확신을 얻을 수 있었습니다.

이를 바탕으로 《김수영 평전》에 기록된 주소 관련 사항을 바로잡으면 다음과 같습니다. 김수영의 두 번째 하숙집의 주소는 '도쿄시 나카노구 다카다노바바(東京市 中野区 高田馬場) 350'이 아니라 '도쿄시 요도바시구 도쓰카마치1가(東京市 淀橋区 戸塚町1丁目) 350'이 맞습니다. 다카다노바바 역이든 도쓰카마치든 당시의 행정구역상 요도바시구(淀橋区)에 속해 있었으므로 《김수영 평전》의 '나카노구(中野区)'는 착각이었던 것 같습니다. '요도바시구'는 지금은 없어진 명칭으로 1947년 인근의 우시코메구(牛込区), 요츠야구(四谷区)와 통합되면서 지금의 '신주쿠구'가 되었습니다. 물론 가능한 정보를 최대한 모은 것이기는 하지만 이 주소는 여전히 추정에 불과합니다.

JR 야마노테선 다카다노바바 역은 한국인들에게 잘 알려진 신주쿠 역과 이케부쿠로 역 중간쯤에 있습니다. 주로 와세다대학(早稻田大学) 학생들이 JR을 타고 통학할 때 이용하는 역으로 헌책방 거리, 싸고 맛있는 라면 가게가 모여 있는 곳으로도 유명하죠. 다카다노바바 역에서 와세다 거리(早稻田通り)를 따라 동쪽으로 1킬로미터쯤 걷다 보면 니시와세다(西早稻田) 교차로를 만나고, 이 교차로를 건너면 바로 와세다대학 캠퍼스가 펼쳐져 있습니다. 김수영이 하숙했을 것으로 추정되는 당시 도쓰카마치1가 350번지는 와세다대학 캠퍼스가 마주 보이는 길가에 있는데, 니시와세다 교차로에서 길을 건너지 않고 북쪽으로 100미터가량 걸어가면 만날 수 있습니다. 김수영은 와세다대학가의 한가운데서 도쿄 생활을 보낸 셈입니다. 다카다노바바 역을 지나 헌책방들이 즐비한 와세다 거리를 걸어다니고, 와세다대학 캠퍼스가 마주 보이는 하숙집에 기거하면서 말이죠.

"언덕배기에 있는 그 집은 2층으로, 유리창을 열면 동남북 3면이 한눈에 들어오고, 멀리 간선철도가 지나고 그림처럼 포플라나무들이 드문드문 배열되어 있는 것이 보였습니다." 도쿄에서 같이 하숙을 했던 고교 선배 이종구의 전언으로 《김수영 평전》에 등장하는 두 번째 하숙집의 모습은 현재 니시와세다3가 5-32번지에서도 짐작해볼 수 있습니다. 하숙집이 있던 자리에는 현재 아담한 맨션 건물이 들어서 있는데, 언덕 위에 있는 집이어서 도로변에서 계단을 통해 축대를 올라야 닿을 수 있습니다. 멀리 보이는 간선철도는 다카다노바바 역을 지나는 야마노테선이었을 것입니다. 서쪽으로는 주택가

가 이어져 있고 창을 통해 동쪽은 와세다대학 캠퍼스, 북쪽은 간다가
와강(神田川), 남쪽은 와세다 거리가 뻗어나가는 길이었을 것입니다.

　니시와세다3가 5-32번지 뒤편으로는 현재 고급 맨션 단지인
간센엔주택(甘泉園住宅)이, 왼편으로는 간센엔 공원이 자리 잡고 있
습니다. 간센엔 공원은 원래 도쿠가와 일가의 영지였다가 메이지 시
대에는 자작(子爵) 소우마 가(相馬家)의 저택과 정원이 있던 자리인
데, 1938년 와세다대학에 인수되었다가 1969년 신주쿠구에 귀속되
어 공원으로 조성된 것입니다. 1938년 지도에는 소우마 가문의 저택
지로 표시되어 있고 1941년에는 '소다이간센엔(早大甘泉園)'으로 표
시되어 있어 소유자의 이전이 분명히 드러납니다. 간센엔 공원은 오
랫동안 귀족들의 영지이자 저택지였던 만큼 일본식 정원이 잘 조성
되어 있고 수령이 오래된 나무들이 장관을 이루는 신주쿠구의 대표
적인 녹지입니다. 현재의 간센엔주택 역시 이전에는 간센엔 공원의
일부였으므로 공원은 현재의 면적보다 훨씬 더 넓었을 것입니다. 그
러나 김수영이 살던 무렵에 김수영이 이 녹지를 드나들었는지는 확
실치 않습니다. 와세다대학의 부속지였던 만큼 공공에게 개방되었
는지는 알 수 없기 때문이죠.

　그래도 간센엔 공원에 들어가 가장 오래되었음직한 나무 그늘
에 잠시 앉아보았습니다. 어쩌면 김수영과 같은 나무를 보고 있는 건
지도 모르니까요. 상가나 집주인의 이름까지 기록된 당시의 한 지도
에는 에이센칸(永泉館), 요네야마칸(米山館) 같은 이름이 보이는데,

니시와세다3가 5-32번지. 김수영의
두 번째 하숙집이 있던 자리에는
현재 맨션아파트가 들어서 있다.

다카다노바바의 하숙집은 간센엔 공원 바로 옆에
위치해 있었다. 간센엔 공원은 당시 와세다대학의
소유였다가 후에 공원으로 조성되었다.

여관이나 요릿집처럼 보이지만 사실은 학생들을 대상으로 한 하숙집이었다고 기타자와 씨가 가르쳐주었습니다. 와세다대학 인근에서 이웃의 학생들과 마주치고 어울리며 김수영은 대학가의 자유롭고 지적인 분위기를 누릴 수 있었을 것입니다.

잠시 달콤한 상상을 해봅니다. 김수영의 산문 〈낙타 과음〉(1953)에는 낙타산에서 사귄 소녀를 따라 10여 년 전 도쿄로 갔었다는 이야기가 나옵니다. 술에 취해 창밖으로 낙타산이 보이는 풍경을 말하면서 굳이 주석을 달아 소녀 이야기를 하고 있죠. 주석에는 그가 도쿄로 간 지 얼마 후 그녀는 서울로 돌아갔고 지금은 미국에 있다는, 굳이 말하지 않아도 될 사실까지 서술되어 있습니다. 여기서 '소녀'는 김수영의 죽마고우인 고경호의 여동생 고인숙입니다. 《김수영 평전》에도 그가 도쿄로 간 이유 중 하나로 그 소녀 고인숙을 들고 있는데, 니혼여자대학(日本女子大學)을 다녔던 고인숙을 찾아 기숙사까지 가기도 했으나 만나주지 않았다는 것, 밤에도 걸어서 신주쿠까지 갔다는 기록은 아마도 누군가의 전언이었을 것입니다. 김수영이 도쿄로 간 지 얼마 되지 않아 그녀가 서울로 돌아갔다는 기록을 믿는다면, 다카다노바바(공식 주소는 도쓰카마치였지만 우리도 김수영을 따라 다카다노바바로 부르기로 합시다)에서 김수영이 하숙하던 시절에 이미 그녀는 도쿄에 없었을 것입니다. 김수영은 다카다노바바에서 간혹 쓸쓸한 얼굴로 그녀가 있던 곳을 바라보았을까요. 그녀는 거기에 없었지만, 그녀가 다니던 니혼여자대학은 그가 살던 곳에서 너무나 가까운 곳에 있습니다. 다카다

노바바의 하숙집에서 니혼여자대학까지는 걸어서 20분 남짓밖에 걸리지 않습니다. 북쪽으로 100미터 정도만 걸으면 노면전차인 도덴(都電)이 다니는 신메지로 거리(新目白通り)가 나오고, 이 길을 가로질러 계속 북쪽으로 가면 곧 니혼여자대학입니다. 스미요시초의 하숙집에서는 좀 더 멀어서 아마도 한 시간 가까이 걸어야 했을 것입니다. 어느 쪽이든 열정에 찬 청년 김수영이 사랑을 찾아 헤매기에는 충분히 가능한 거리입니다.

무작정 도쿄에 왔으나 높은 자존심을 충족시키지 못하는 이국에서의 하숙생활은 그를 절망하게도, 고독하게도 했을 것입니다. 다카다노바바의 하숙집에서라면 산책길로도 무난했을 메지로의 니혼여자대학까지, 떠난 그녀를 그리워하며 오가기도 했을까요. 훗날 아내가 된 김현경에게 이와나미문고(岩波文庫)에서 나온 존 러스킨의 《깨와 백합》을 보내며 독후감을 쓰라고 하기도 했던 것은 그런 막연한 그리움의 소산이었을 것입니다. 이와나미문고판 《깨와 백합》은 1935년에 처음 발간되었는데, 당시의 작품 해설에는 "러스킨의 풍부하고 원숙한 사상 내용의 일단을 보여주는 명편으로 3개의 강연으로 구성되어 있다. 제1강은 〈깨〉로서 독서의 길을 논하고 있고, 제2강은 〈백합〉으로 부인교육론을 강의한다. 제3강에서는 '인생과 예술의 신비'를 설파한다. 또한 본지에는 특히 1871년판과 1882년판의 장문의 서문 2편이 실려 있다"라고 쓰여 있습니다. 막연한 그리움의 대상이기도 했을 여고생 김현경에게 짐짓 여성을 위한 독서론을 보낸 김수영의 의도를 생각하면 설핏 웃음이 나기도 합니다. 초현실주의 작가의 작품을 좋아했던 김수영에게는 어울리지 않는 책이었으나, 아직 학생인 김현경에게는 나이 든 어른, 선생 행세를 하고 싶었던 것이 아닐까요.

　스미요시초와 다카다노바바는 신주쿠를 꼭짓점으로 하는 삼각형의 양 끝점 위치에 있었습니다. 어느 쪽에서 가더라도 30분 남짓이면 걸어서 신주쿠에 갈 수 있고, 당시로서는 가장 번화가였던 신주쿠까지 밤에도 걸어서 오가기에 어려움은 없었을 것입니다. 친구들과 어울려 와세다대학 근처나 신주쿠의 술집에서 문학과 철학을 이야기했던 김수영의 삶은 낭만적인 것처럼 보이지만 그렇지만은 않았습니다. 대학에 진학하려 했으나 대학생이 되지 못했고, 비교적 자유가 허용되는 대학가였다고 하더라도 당시는 이미 태평양전쟁이 발발한 이후 전쟁의 광풍이 휩쓸고 있을 때였습니다. 같이 하숙을 했던 이종구는 1943년 말 집 앞에서 학병 모집에 강제로 끌려갔습니다. 김수영도 학병 모집을 피해 다니다가 얼마 지나지 않아 서울로 돌아왔습니다. 1943년 말이거나 1944년 초였을 것으로 짐작됩니다. 스미요시초에서의 하숙생활에 대해서도, 와세다대학가에서의 하숙생활에 대해서도 김수영은 직접 언급한 사실이 없습니다. 아마도 〈낙타 과음〉에서 겨우 주석을 달아 회상했던 소녀에 대한 이야기가 유일할 것입니다. 아버지의 권유로 마음에 맞지 않던 상업학교를 진학했으나 예술과 언어에 민감했던 김수영이 보낸 도쿄 시절은 여러 가지로 복잡한 트라우마였기 때문은 아니었을까요. 꿈꾸던 예술과 철학을 공부하고 서울과는 다른 분위기의 도쿄에서 자유와 열망을 느끼기도 했겠지만, 당시는 전시였고, 생활의 곳곳에서 식민지 출신이 느껴야 할 부자유와 울분과 자책이 스며들었을 것입니다. 그가 머물렀던 와세다대학가를 바라보다 보면 해결할 수 없는 우울과 연민을 느끼게 됩니다.

조후쿠 예비학교와
여인예술사

이제 김수영이 다니던 조후쿠 예비학교(城北予備校, 개교 당시 명칭은 조후쿠 고등보습학교)로 발걸음을 옮깁니다. 그 전에 먼저 한국인들에게는 생소할 '예비(학)교'에 대해 알아둘 필요가 있습니다. 당시 일본의 학제는 소학교 5년, 중학교 7년을 거쳐 고등학교에 진학하게 되는데, 고등학교는 시기에 따라 조금씩 다르지만 2년 혹은 3년 과정으로 지금의 대학 예과에 해당합니다. 고등학교를 졸업한 후 도쿄제국대학 등 최고 학부인 대학에 진학하게 되는 것입니다. '예비교'는 중학교와 고등학교 입시를 준비하기 위한 학교로, 그해 입시에 실패한 소학교나 중학교 졸업생들이 주로 다녔습니다. 우리로 치면 일종의 재수 학원인 셈이죠. 김수영은 이 예비교에 다니면서 대학입시를 준비할 예정이었으나 오래 다니지 않았고, 대학에도 진학하지 않았습니다.《김수영 평전》에서는 일본어 작문이나 고문 등 대학입시를 위해 필수적으로 준비해야 할 과목들에서 일본 학생들과 경쟁하기가 무리라는 판단 때문이었다고 하지만, 글쎄요, 그냥 시험공부가 마음에 들지 않았던 것이 아닐까요. 대학입시 말고도 도쿄에는 공부하고 체험할 것이 넘쳤을 테니까요.

다카다노바바의 하숙집에서 조후쿠 예비학교까지는 걸어서 30분 남짓 걸리고, 스미요시초의 하숙집에서는 조금 더 멀어서 한 시간 정도 걸립니다. 김수영의 아내 김현경 여사의 기억에 의하면, 1942년 5월 무렵 김수영을 처음 만났을 때 그는 조후쿠 예비학교에 다니고 있었다고 합니다.[13] 학비를 조달하기 위해 김수영이 잠시 귀국했을 때 처음 만난 것이죠. 선린상업학교를 졸업하고 일본으로 건너간 것이 1942년 봄 무렵이었고 일본에서 조후쿠 예비학교를 잠시 다녔다고 생각하면 대략 시기가 맞아떨어집니다. 그렇다면 김수영이 조후쿠 예비학교를 다니던 시기에는 스미요시초의 하숙집에 기거하고 있었을 것입니다. 스미요시초에서 첫 하숙을 정하고 1년쯤 후에 다카다노바바의 하숙집으로 옮겼다는《김수영 평전》의 기록을 생각해봐도 그렇습니다.

주오선을 타고 이치가야(市谷) 역에서 내리면 곧 북쪽의 주택가로 오르는 가파른 언덕길이 나옵니다. 언덕을 5분쯤 오르면 왼쪽으로 조타이지(長泰寺)라는 큰 절이 나오고 오른쪽에 조후쿠 예비학교가 있던 자리가 나옵니다. 지금은 맨션아파트가 들어서 있는 자리, 신주쿠구 이치가야사나이초(市谷左内町) 29-36번지가 예전의 조후 쿠 예비학교가 있던 자리입니다. 조후쿠 예비학교가 있던 자리의 정확한 위치를 찾는 데도 기타자와 씨의 도움을 얻었습니다(고맙습니다, 기타자와 씨!). 지도를 보니 주변에는 현재 세계 최대의 규모를 자랑하는 종합 인쇄회사이자 출판미디어·정보커뮤니케이션·디지털콘텐츠 등을 아우르는 대기업인 DNP(대일본인쇄주식회사) 관련 건물들이 늘어서 있고, 동쪽 방향의 넓은 터에는 방위성이 자리 잡고 있습니다. 김수영이 예비학교를 다니던 당시에도 방위성과 육군참모본부가 그 자리에 있었고 DNP 역시 같은 자리에 있었습니다. 방위성이라고 하면 지금은 한국의 국방부 정도의 감각이지만, 당시에는 이름도 무시무시하게 대본영(大本營)이었으니 일본 제국주의 전쟁의 중심 본부였지요. 일본 제국주의 전쟁의 본부와 책·출판의 중심지가 거리를 양분하고 있는 기묘한 풍경 한가운데 조후쿠 예비학교가 자리 잡고 있었던 것입니다.

조후쿠 예비학교가 있던 자리에 위치한 맨션아파트를 살펴보다가 흥미로운 표지판을 발견했습니다. 신주쿠 교육위원회에서 지정한 사적(史蹟) 표지판으로, 그 자리가 '여인예술사'라는 잡지사가 있던 유적지라는 안내였습니다. 안내문에 의하면, 1928년 일본의 여성 작가 하세가와 시구레(長谷川時雨)는 남편과 함께 살던 집에 '여인예술사'를 열고 여성대중잡지 《여인예술》을 발간했다고 합니다.

1928년 7월 창간호가 발간되고 1932년 6월호로 종간된 이 잡지는 "후진들에게 발표의 장을 제공하고 여성해방을 촉진하기 위해", "여성이 쓰고 편집하고 디자인하여 발간하는 상업 잡지"를 표방했습니다. 여성해방적 색채와 마르크스주의적 성향을 짙게 띠어 1930년 5월호와 6월호는 발매 금지를 당하기도 했죠. 하세가와 자신의《니혼바시(日本橋)》가 이 지면에 연재되었고, 특히 하야시 후미코(林芙美子)의《방랑기(放浪記)》를 연재하여 그녀를 일약 당대의 스타 작가로 만들기도 했습니다. 조후쿠 예비학교가 1935년 개교했으니 학교가 세워지기 직전까지 '여인예술사'가 거기에 있었던 셈입니다.

하필 김수영이 다녔던 예비학교가 당시의 유명 문인이었던 하세가와가 살던 곳이었고 거기서《여인예술》이 발간되었다는 것은 그저 우연이었을 수도 있습니다. 그러나 인쇄소와 출판사, 제본소 등이 모여 있던 이 지역에 작가들이 드나들고, 잡지를 만들고, 문학과 예술을 토론하며 열정을 불태우던 흔적을 남기고 있었습니다. 방위성과 일본 굴지의 재벌 회사가 들어선 이치가야에서 '여인예술사'의 안내판을 보며 조금은 안심이 되는 기분이었습니다. 군인들이나 입시 경쟁으로 우울한 표정의 재수생들만 그 거리를 오가지는 않았을 것 같았기 때문입니다.

비록 옛 모습을 찾아볼 수는 없어도 이곳에 김수영의 발길이 닿았으리라 생각하며 골목을 배회하는 우리를 수상하게 바라보던 이웃의 할머니가 말을 겁니다. 히로세(広瀬) 씨였습니다. 우리가 한

김수영이 다닌 조후쿠 예비학교가 있던
자리에는 현재 맨션아파트가 들어서
있다(위 사진 속 왼편 건물). 그리고 건물
앞에 세워져 있는 '여인예술사' 사적
표지판.

조후쿠 예비학교 터의 맨션아파트 옆에는 고색창연한 목조 고택이 서 있다. 김수영이 예비학교에 다니던 시절에도 있었으므로, 당시 김수영이 보았던 집을 지금 우리도 보고 있는 셈이다.

국을 대표하는 시인의 흔적을 찾는 중이라고 말했더니 그의 얼굴에서 경계심이 사라졌습니다. 히로세 씨는 1930년대 출생으로, 결혼한 뒤부터 이치가야에 살기 시작했다고 합니다. 이치가야의 옛 모습에 대한 증언을 들을 수 있는 좋은 기회였습니다.

히로세 씨는 조후쿠 예비학교의 맞은편에 예비학교생을 위한 기숙사가 있었던 것을 기억했습니다. 그에게서 귀한 정보를 얻을 수 있었는데, 현재 맨션아파트의 옆에 있는 고택이 전쟁 전부터 계속 그 자리에 있던 집이라는 증언이었습니다. 본인은 직접 보지 못했지만, 도쿄 대공습 때 인근이 모두 불타고 그 집만 남아 있었는데 이재민들에게 잠자리와 먹을거리를 제공하기도 했다는 이야기를 시어머니로부터 들었다고 합니다. 과연 맨션아파트의 옆자리에는 고색창연한 목조 건물이 서 있었습니다. 기록을 뒤졌더니 1930년에 지어진 건물이라고 하는군요. 그러니까 김수영이 예비학교를 다니던 시기에 그 집이 거기에 있었던 것은 확실합니다. 당시 김수영이 보았던 집을 지금 우리도 보고 있는 것입니다! 김수영의 흔적을 찾는 도쿄 여정에서 우리가 유일하게 확인한 당시 풍경의 실물인 셈입니다.

이 지역의 1938년 당시 지도에는 이치가야사나이초 29번지에 개교 당시 명칭인 '조후쿠 고등보습학교(城北高等補習學校)'가 표시되어 있고, 1961년의 지도에서는 그 이름이 '조후쿠 예비교'로 바뀌어 있습니다. 그리고 과연 맞은편의 건물은 당시 지도에 '조후쿠 예비교 기숙사'로 표시되어 있습니다. 기숙사가 함께 있을 만큼 대단히 큰 학교였던 모양입니다.

　　잠시 다리를 쉬러 들른 찻집에서 만난 찻집 주인 후쿠토쿠(福德) 씨는 1944년생으로, 백발의 커트머리에 베레모를 쓴 멋쟁이 할머니였습니다. 우리가 조후쿠 예비학교를 조사하고 있다고 하자, 자신이 고등학교 재학 중에 조후쿠 예비학교 단과반에 다녔던 경험을 말해주었습니다. 그의 기억은 아마 1960년대 초반 무렵의 것이라 짐작됩니다. 입시 성적이 좋은 예비학교로 유명하여 전국의 입시생들이 몰려들었다고 합니다. 그래서 예비학교 기숙사는 전국 각지에서 온 학생들로 가득 찼고, 거리 역시 예비학교를 오가는 학생들로 꽤 붐비곤 했다는 기억입니다. 예비학교는 말 그대로 성적을 올려 대학에 진학하는 것이 유일한 목표인 학교이니, 일본 각지에서 몰려든 학생들이 치열하게 경쟁하는 분위기가 김수영의 성미에 맞았을 것 같지는 않습니다. 그가 예비학교 생활을 몇 달 만에 그만두고 미즈시나 연극연구소(水品演劇研究所)로 발길을 옮긴 것에는 이러한 이유도 있지 않았을까요.

김수영의 도쿄 시대,
여전히 미지의
영역

김수영의 도쿄 생활에서 가장 중요한 비중을 차지하는 것은 역시 '미즈시나 연극연구소'일 것입니다. 김수영이 시의 시작을 '연극 하다가 시로 전향'했다고 표현했을 만큼 그는 연극을 중요한 이력으로 생각하고 있었고, 그 출발점에 미즈시나 연극연구소를 출입하며 배웠던 연극이 있었습니다. 《김수영 평전》에는 그가 그 무렵 스타니슬라프스키에 빠져 있었고 미즈시나와 함께 스타니슬라프스키의 연극 이론을 열독했다고 밝히고 있습니다.

미즈시나 하루키(水品春樹)는 '쓰키지 극장'을 창설했던 오사나이 가오루(小山內薰)의 조수로 '쓰키지 소극장' 창립 멤버였고, 일본에서 무대감독의 전문화를 확립한 연극인입니다. 《쓰키지소극장사(築地小劇場史)》를 비롯해 연극론, 무대연출론, 연기론에 대한 책을 다수 남겼죠. 쓰키지 소극장이 당국의 압박과 내부의 분열로 해산된 이후에도 쓰키지 소극장의 일부 멤버는 '신(新)쓰키지극단'을 결성해서 활동을 계속했습니다. 그리고 일본 프롤레타리아 연극동맹이 해산되고 '신극단 대동단결을 제창'하며 결성된 '극단 신협'에 '신쓰키지극단'의 일부가 합류했고, 이때 미즈시나 하루키도 함께했습니다. '극단 신협'은 제국주의의 '국민연극'이 강요되면서 극단 관계자들이 대거 체포된 1940년에 해산되었는데, 미즈시나가 연극연구소를 차렸다면 이러한 분위기 하에서 개인 사설 연구소를 운영했던 것이 아닐까 짐작할 수 있습니다.

안타깝게도 짐작만 할 수밖에 없는 것은, 미즈시나 연극연구소의 실체를 확인할 수 없었기 때문입니다. 도쿄 답사에서 만난 두 번째 난관이었고, 이 난관은 결국 뚫을 수 없었습니다.《김수영 평전》에 의하면 미즈시나는 당국의 압박으로 쓰키지 소극장이 폐쇄되자 미즈시나 연극연구소를 차렸다고 정리하고 있지만, 쓰키지 소극장과 뒤를 이은 '극단 신협' 등의 역사를 살펴볼 때 이는 사실에 부합하지 않습니다. 일본의 패전 이후 미즈시나가 활동한 '극단 민예(民芸)'에 문의해보았으나, 1942년의 미즈시나 연극연구소에 대해서는 알 수 없다는 대답이 돌아왔습니다. 미즈시나는 1957년 무렵 '극단 민예' 내에 '미즈시나 연극연구소'를 설립하고 극단의 초창기 배우들을 양성했는데, 1957년의 '미즈시나 연극연구소'가 1942년 무렵의 '미즈시나 연극연구소'를 염두에 두고 만든 것이 아닐까 생각해볼 수는 있습니다. 그러나 미즈시나의 자서전이나 회고록이 남아 있지 않은 상황에서 미즈시나 연극연구소의 실제 모습과 그곳에서 김수영이 경험한 내용을 구체적으로 짐작하기는 어렵습니다. 김수영의 연극 활동에 대한 연구, 여타의 관계 자료들을 더 확인한 후의 과제로 남길 수밖에 없었습니다.

　김수영의 산문에 해방 직후의 체험이나 포로수용소에서의 체험은 다수 등장하지만 도쿄 시절에 대한 언급은 거의 없습니다. 만주에서의 체험과 더불어 도쿄의 체험은 그의 문학청년 시절 중 쉽게 말할 수 없는 상처처럼 여겨졌던 것은 아닐까요.[14] 〈연극 하다가 시로 전향〉(1965)이라는 산문에서는 이 시절을 포함하는 해방 직후의 시기에 대해 '치욕'의 시기였다고 직접 언급하기도 합니다. 그러나 김수영은 늘 부끄러움과 치욕을 되새기면서 또한 그것을 넘어서고자 했던 작가였다는 것을 기억해야 할 것입니다. 그것이 김수영이 말하는 '자유'이기도 했겠죠.

　　1960년 4·19혁명 이후 그는 〈김일성 만세〉라는 시를 썼는데 결국 그 시는 당대에 발표되지 못했고, 그가 죽은 후에도 오랜 시간이 지난 후에야 미발표 원고인 채로 공개되었습니다. "김일성 만세 / 한국의 언론 자유의 출발은 이것을 인정하는 데에 있는데"[15]라는 구절이, 금기를 넘어서야 할 한국 시의 자유를 절절히 외치고 있습니다. 한국 시의 표현의 자유는 전쟁과 분단이 초래한 각종 이념의 금기를 사상적으로 넘어서는 데서 출발할 수 있다는 시인의 사유가 들어 있는 구절이죠. 김수영은 말에 민감한 작가였고, 일본어와 영어를 함께 구사했던 작가였습니다. 그가 쓰는 영어와 일본어에는 언제나 '나의 것'이 아닌 '다른 정신의 말'이라는 자의식이 있었습니다. 그가 1955년에 쓴 〈헬리콥터〉라는 시에서도 그런 의식을 엿볼 수 있지요. "헬리콥터가 풍선보다도 가볍게 상승하는 것을 보고 / 놀랄 수 있는 사람은 설움을 아는 사람이지만 / 또한 이것을 보고 놀라지 않는 것도 설움을 아는 사람일 것이다 / 그들은 너무나 오랫동안 자기의 말을 잊고 / 남의 말을 하여왔으며 / 그것도 간신히 떠듬는 목소리로밖에는 못해왔기 때문이다." 현실의 역사와 체험의 질곡은 언제나 시인의 사유를 가로막지만, 그렇기 때문에 시인은 그것을 박차고 비

韓國의　言論自由의　出發은　이것을

인정하는데　있는데

이것만　인정하면　되는데

이것을　인정하지　않는것이　韓國

政治의　自由라고　張勉이란

宣文가　우겨대니

나는　잠이　깰수밖에

現代文學社

(20×10)

김수영의 미발표 시 〈김일성 만세〉의
육필 원고.

詩

金洙暎

韓國의 言論自由의 出發은 이것을 인정하는데 있는데.

이것만 인정하면 되는데 이것을 인정하지 않는 것이 韓国 言論의 自由라고 趙芝薰이란 詩人이 우겨대니 나는 잠이 올수밖에

상하는 자유를 꿈꿉니다. 그리고 그 자유는 회피나 망각이 아니라 치욕과 고통을 직시하는 데서 가능하다는 것을 시인은 알고 있었죠. 그가 일본에서 겪은 체험과 감각은 일부러 언급하지는 않았지만 언제나 똑바로 보고 넘어서야 할 일종의 극복의 대상이었을 것입니다.[16] "동무여 이제 나는 바로 보마"(⟨공자의 생활난⟩)라는 시적 태도가 여기에서 나온 것은 아닐까 생각합니다. 식민지 시기를 선망과 좌절 속에서 겪었던 그에게 일본과 일본어는 익숙하지만 애써 감추어야 할, 그러나 역시 극복하지 않으면 안 될 체험의 그늘이었습니다.

　도쿄 시절의 김수영은 식민지 교육으로 자라난 조선 청년의 한계를 벗어나지 못했고, 예술과 자유와 정치에 대한 분명한 입장을 정립할 수 없었을 것입니다. 그는 미즈시나 연극연구소에서 연극을 배운 인연으로 귀국 후 안영일 등을 만나 연극 활동을 했던 이력이 있는데, 당시의 연극이란 전시체제에 부응하는 이른바 '국민연극'이었을 것입니다. 이후 만주에서의 연극 활동 역시 그 범주를 벗어날 수 없는 것이었을 테죠.

　물론 그것은 시대적 한계에 해당하는 일입니다. 그러나 김수영이 누구보다도 예술의 자유를 위해 정치적, 현실적 한계와 싸우는 시인이었다는 것을 생각한다면, 그래서 김수영의 도쿄 시절은 후에 돌이켜보건대 '치욕'의 시기이기도 했을 것입니다. 그 '치욕'이란 그가 도쿄에서 식민지와 다른 분위기에 매혹당하고, 거기에서 예술에 눈뜨면서 열중했던 그 모든 것에 대한 그의 감각까지도 포함하는 것이었겠지요.

　도쿄의 김수영을 복원하는 일은 이처럼 한 시인의 정신세계 깊숙한 곳에 자리 잡은 치욕과 트라우마의 풍경을 이해하는 경로이기도 합니다. 아직 충분하지 못하지만 후일의 연구들이 이 시기를 좀 더 입체적으로 조명해주기를 기대하며, 김수영의 흔적을 찾는 짧고도 긴 도쿄 여정을 마칩니다. 상전벽해의 도쿄에서, 고독하거나 고집스럽거나 유쾌한 김수영의 얼굴들을 언뜻 본 듯도 합니다.

연극인 김수영의 만주 시절[17]

해방 공간과 모던 청년의 좌충우돌

박수연

다시
종로에서

1944년 2월 김수영이 조선인 징병을 피해 일본에서 조선으로 귀환했을 때, 그의 가족은 모두 만주국 지린(길림)시로 이주해 있었습니다. 그는 서울 종로6가의 고모님 댁에서 머물며 안영일 등의 연극 연출에 참여했는데, 일본에서 미즈시나 하루키에게서 연극을 공부했던 이력이 안영일에게 주목되었기 때문일 것입니다.

김수영이 유학을 위해 일본으로 건너갔을 당시인 1942년에는 극단으로서의 '쓰키지 소극장'은 일찌감치 해산된 상태였고, 그 후신인 '극단 신협'이나 '신쓰키지극단'도 이념적 탄압에 의해 해산되어 있었습니다. 1940년 8월 일본 경시청은 두 극단의 성원을 대대적으로 검거함으로써 국책 연극의 서막을 열기 시작했지요.[18] 그리하여 김수영이 접했던 일본의 연극계는, 예를 들어 그 검거 이후 '쓰키지 소극장'이라는 이름을 버리고 '국민 신극장'이라는 이름으로 운영되는 와중에 국책 연극이 전면에 나서던 시기의 연극계였던 것입니다.

김수영은 일본에서 돌아와 종로6가에 머물며 연극 생활을 시작했으나, 그 생활이 만족할 만한 것이었는지 어땠는지는 기록이 없습니다. 1944년 2월 귀국한 후 그해 가을 다시 지린으로 이주하기 전까지, 김수영이 안영일 옆에서 연출을 도와 진행한 연극은 무엇이었을까요? 김수영이 귀국했을 때 조선의 연극계는 일본과 마찬가지로 '국민연극'을 중심으로 움직이고 있었습니다. 1944년 2월 15일 일본 정보국은 '결전 비상조치 요강'을 발표하고, 거의 모든 예능 공연을 군사적 통제 아래 귀속시켰습니다. 이 시국은 일본의 식민지인 조선과 만주에도 직결되는 것이었는데, 1944년 4월 1일 '연극 연예흥행에 대한 비상조치 요강'이 발표되고 이 요강에 부응하여 같은 해 9월 12일과 13일에는 조선 경성의 부민관에서 '성난 아시아(怒り亞細亞)'라는 예능제가 개최되었습니다. 안영일, 이서향, 박춘명과 함께 이 예능제의 연출을 맡았던 신고송의 글을 보시지요.

전국(戰局)의 변화에 따라 자칫하여 추호도 인심의 위축이나 심정의 황폐함이 있게 된다면 큰일이다. 이 가을, 우리 예능인은 이 격렬한 역사의 흐름을 올바로 파악하여 우리가 가지고 있는 작은 힘을 모아 국민의 모든 계층에 삼투시키고 국민의 핏속에 흘러가는 감격과 기쁨의 불꽃을 부여하였는데, 이는 다시 올바른 꿈을 향해 정열을 환기

하는 일이며 우리의 본래 사명이기도 하다.[19]

이 예능제의 주요 목적이, 패배로 기우는 정세 앞에서 사람들의 저하된 사기를 북돋우며 일제의 승리를 도모하는 것이었음을 알 수 있는 대목입니다. 김수영이 그해 가을에 지린으로 떠났다는 점을 참작할 때, 이 예능제에 그가 참여했는지 어쩐지 여부는 알기 어렵습니다. 다만 당시 그가 보조하고 있었던 안영일이 '국민연극'의 대표자였기 때문에, 김수영의 지린행이 좀 더 늦었다면 그는 분명 떠밀려서라도 이 예능제에 참여해야만 했을지도 모릅니다.

환상과
구속의 땅,
만주

지린은 만주국 시절의 조선인들에게는 환상의 땅이자 구속의 땅이었습니다. 지린뿐만이 아니라 만주국 전체가 조선인들에게 환상을 심어주었는데, 일본인·조선인·한족·만주족·몽고인의 오족협화(五族協和)를 표방하는 만주국에서 조선인은 일등국민 일본인을 잇는 이등국민이었고, 따라서 조선에서보다 우월한 사회적 지위를 확보할 수 있다고 생각했던 곳이 만주였습니다. 그러나 다른 한편으로 식민지에 대한 적극적인 저항의 기지였다는 점에서 지린은 조선인들의 특별한 관심 지역이기도 했습니다. 의열단이 그곳에서 출발했으며, 조선인들의 민족의식이 강렬하게 타오른 곳도 지린이었지요. 심지어는 대표적인 친일 시인 서정주조차 '백두산 마적(독립운동가)'이 되는 상상을 하게 만든 곳이 그곳이었습니다.

지린에서 조선인들과 관련하여 기억해야 할 대표적인 거리는 창이(昌邑)구 둥쥐쯔제(東局子街)입니다. 지금도 조선족들이 집단적으로 거주하고 있는 그곳은 애초에 청나라 정부에서 외세에 대응하기 위한 정책을 시행하던 곳이었습니다. 만주 지역을 신성한 땅으로 여겨 통행을 금지시켰던 청나라 정부는 러시아의 동진 정책을 저지하기 위한 교두보를 쌓아가기 시작했는데, 그 중추 지역이 바로 지린이었죠. 1881년 6월 청나라 정부는 무기와 탄약을 생산할 수 있는 시설을 설립하도록 허락하고 다음해 3월에는 이곳에 근대적 군사공업기지인 '길림기기국(吉林機器局)' 건설이 시작되었습니다. 이를 위해 미국과 독일에서 수입한 기계설비가 대대적으로 설치되기 시작했지요. 근대적 공업시설이 마련된다는 것은 근대적 노동자가 필요하다는 뜻이기도 합니다. 1883년 10월부터 무기 공장이 정식으로 가동되어 화약과 탄약 등의 전쟁 물자가 생산되기 시작했고, 1885년에 이르러서는 대포와 여러 가지 총기가 제조되었습니다. 이 정책은 만주 지역의 근대 공업의 발단이 되기도 했습니다.[20]

김수영이 지린에 도착한 것은 1944년의 늦가을이었습니다. 초

겨울 추위가 밀려들 무렵의 어느 날 밤, 그는 어머니와 함께 그리운 가족이 옹기종기 모여 있는 둥쥐쯔제의 어두운 방에 발을 들여놓았습니다. 징병을 피해 일본에서 귀국한 후 종로6가의 고모 댁에 머물면서 틈틈이 안영일의 연극 연출을 돕던 그의 앞에 어머니가 나타났고, 그길로 그는 어머니를 따라 지린으로 출국했던 것입니다. 결국에는 1년도 안 돼 일본이 패망하고 환국하였지만, 당시로서는 언제 돌아올지 모르는 길이었겠지요. 지린에는 요식사업에 성공한 이모가 살고 있었고, 식민지 조선 땅보다 조선인의 지위가 격상된다는 소문도 있었으며, 무엇보다도 징병의 위험이 없었습니다. 못 보는 사이에 바로 밑의 동생 수성은 징집되어 있었고, 그 아래 동생 수강은 지린 제6고등학교를, 여동생 수명은 지린의 조선인 학교인 동영국민학교를 다니는 중이었습니다. 그리고 수경은 홀로 서울에 남아서 경기중학교 입학 준비를 하느라 여념이 없었습니다.

그곳 지린에서 김수영의 새 생활이 시작되었습니다. 수강은 학교가 집과 붙어 있었기 때문에 곧잘 학교 담장을 넘어 등교하곤 했지만, 수명은 추운 겨울날 만주의 강추위를 뚫고 한 시간씩이나 걸어 다니느라 얼굴이 빨갛게 얼어 있었습니다. 어머니가 가족의 생계를 위해 이리저리 분주할 뿐 아버지는 여전히 무직이었지요. 일본 유학 시절, 와세다대학 바로 옆에 있던 하숙집과 연못이 있던 공원, 조후쿠 예비학교에 등교하기 위해 걸어 다녔던 주택가와 언덕길이 지린의 검은 집들과 대비되어 가슴을 쳤습니다. 집의 먼 북쪽으로 성냥

지린시 창이구 둥쥐쯔제의 거민위원회
사무실(왼쪽)과 조선족 게시판.

공장의 굴뚝이 보였지요. 그나마 위안이 되는 것은 조선인의 집들이 모여 있는 캉좡제(康庄街) 남쪽으로 백두산에서 발원한 쑹화강(송화강)이 흐르고 있다는 것이었습니다.

길림극예술연구회에
합류하다

지린에서의 김수영의 행적은 그다지 많이 알려져 있지 않습니다. 그저 그가 연극을 했다는 사실 정도지요. 그 어려웠을 시기에 조선의 낯선 청년이 연극 활동을 할 수 있었던 것은 이미 길림구락부 산하의 문화부에 길림극예술연구회가 조직되어 활동하고 있었기 때문입니다.

1944년 가을부터 1945년 9월까지 일 년이 채 못 되는 시기에 김수영이 피식민지인의 고난을 달랜 것은 실제로 연극 활동이었던 듯합니다. 최하림의 《김수영 평전》에는 당시 그가 길림산업 무역부에서 일했던 것으로 기록되어 있으나 이를 뒷받침하는 자료가 나온 것은 아닙니다. 아내 김현경 여사는 김수영이 이 시기에 목재 공장에서 일했다고 회고하고 있지요. 그런 틈틈이 그는 연극인들을 만났습니다.

임헌태가 주도하고 있었던 길림극예술연구회는 공식적으로

상업연극을 하는 극단은 아니었고 아직 아마추어적인 연극 동호회 수준이었습니다. 당시 만주국에 있던 공식적인 조선인 극단은 "대동극단, 신징계림분회문화부연극반, 안동협화극단, 하얼빈금강극단, 간도협화극단, 예원동인, 신흥극연구회, 민협, 계림극단, 극단만주, 극단동아, 은진고교 학생극 단체"[21]였는데, 길림극예술연구회는 여기에 이름을 올리지 못하고 있는 것입니다.

길림극예술연구회의 회원으로 거론되는 인물은 오해석, 임헌태, 송기원 등입니다. 이 중 오해석은 도쿄의 조선 유학생들이 모여 구성했던 동경학생예술좌 출신으로 연극 〈춘수(春水)와 같이〉의 연출을 맡았고, 임헌태는 극중 인물을 연기했습니다. 연극 무대에는 오르지 않았던 송기원은 해방 이후 귀국하여 군산에 정착했는데, 1955년에 김수영이 군산에서 행한 문학 강연을 주선하기도 했죠. 1945년에 김수영이 참여하여 상연한 연극 〈춘수와 같이〉는 그러므로 전문 배우들의 잘 준비된 연극은 아니었던 셈입니다.

김수영이 지린에서 연극인들과 어울리게 된 것은 그가 일본 유학 시절에 미즈시나 하루키에게 연극을 배웠기 때문입니다. 미즈시나의 소모임이 '극단 신협' 이후의 '쓰키지 소극장'의 한 계열이었기 때문에 지린의 조선 연극인들에게 김수영은 가장 훌륭한 연극 교육을 받은 인물이었다고 할 수 있지요. 1945년 6월에는 지린성 문예협회에서 주관한 지린성 예능대회가 열릴 예정이었고, 그 대회에 작품을 출품하려 준비하고 있었던 길림극예술연구회 회원들 앞에 김수영이 나타남으로써 연극의 기본적인 꼴이 갖추어질 수 있었던 것입니다.

지린 공회당에서 1945년 6월에 진행된 지린성 예능대회는 어떤 성격의 행사였을까요? 당시 만주국의 문예 상황을 살펴보기 위해서는 중국의 '우한 3진'(우창武昌, 한커우漢口, 한양漢陽 3개 시를 통칭해 일컫는 말로, 현재는 우한武漢시로 통합됐다)이 1938년 10월 일본에 함락된 이후의 정세를 고려해야 합니다. 그 이후 '만주국 예문(藝文)지도요강'(1941. 3. 23.)[22]을 통해 작가들을 통제하던 일제는 1943년의 '결전기(結戰期)'에 들어서면서 더욱 문예 활동을 억압하기 시작했습니다.

만주국의 '결전기' 선언은 연합군에 대한 최후의 일전을 전제한 것이었는데, 문예를 통해 이를 이념적으로 정당화하기 위한 시도가 1943년 12월 4일과 5일, 그리고 1944년 12월에 열린 '결전예문전국대회'[23]입니다. 이 대회에 참여한 문인들은 점점 수세에 몰리는 일제의 전쟁과 식민정책을 옹호하는 사람들이었고, 결전기 정책에 동의할 수 없었던 작가들은 만주국의 통제가 느슨해지는 주변이나 외부로 탈출하기 시작했습니다.[24] 만주국의 수도 신징(新京)에 있던 염상섭과 백석은 압록강을 바라보는 안둥(安東, 현재의 단둥丹東)으로 빠져나갔고, 중국 작가들은 베이징이나 톈진(天津) 같은 곳으로 이주하기 시작했습니다. 점점 더 심해지는 당국의 문예 통제를 받아들이기 쉽지 않았겠지요. 그 통제를 받아들인 사람들만이 계속 신징과

하얼빈 같은 곳에서 문예 활동을 이어가고 있었던 것입니다. 이런 만주국 문예 정책의 흐름을 이해해야 1944년 이후 지린성의 예능 정책과, 그에 따른 지린시 예능대회의 의미를 정확히 파악할 수 있습니다.

협화의 시절,
'새로운 해협을 찾은 일이
어리석었다'

김수영은 지린시 예능대회에 출품한 〈춘수와 같이〉를 지린 공회당에서 공연하였습니다. 1945년 6월의 일이었습니다. 지린 공회당은 당시 가장 번화한 거리에 있었지요. 지린의 관문인 지린 역에서 쑹화강까지 남북으로 비스듬히 개설된 거리가 있는데, 만주국 시절에는 '대마로(大馬路)'라고 불렸습니다. 그 거리의 남단인 남대로(南大路)에 지린 공회당이 있습니다. 이 공회당 건물은 최근까지도 '지린시 활극단' 사업장으로 활용되다가, 2018년 초에 재건축 준비를 위해 펜스가 설치된 상태입니다.

　지린 공회당에서 북쪽으로 나 있는 교차로는 당시의 대마로와 청년로가 만나는 곳입니다. 그 교차로에서 김수영 가족의 거주지가 있던 캉좡제로 가기 위해 청년로의 동쪽 방향으로 걷다 보면 오른쪽

김수영이 연극 〈춘수와 같이〉를 공연했던, 만주국
시절의 지린 공회당(왼쪽에서 두 번째 건물).

지린 공회당의 오늘날의 모습(2006).

지린 공회당 건물은 최근까지도
'지린시 활극단' 사업장으로
활용되었다(2018).

으로 첫 번째 골목길이 나옵니다. 옌칭후퉁(延慶胡同)이라는 이름의 골목이지요. 몇 개의 상점과 노점이 늘어서 있는 이 골목길 안쪽에는 공자를 모시는 사당인 '문묘박물관'이 있습니다. 동북 지역에서 가장 크다는 공자 사당이지요.

공자묘를 보니 김수영의 등단작인 〈묘정의 노래〉(1945)가 곧바로 떠오릅니다. 그가 초기에 발표한 일련의 시편들이 동양적 사유나 전통과 연관되는 것도 어쩌면 이 공자묘(그리고 그로부터 상징되는 '아버지')가 그의 내면에 드리운 영향과 관련이 있지 않을까요? 해방 공간의 모던 청년들 사이에서, 더구나 일본의 모더니즘 시의 세례가 이들의 정신세계를 강박하고 있는 분위기 속에서 그가 처음 시를 발표하기 시작했을 때 보이던 애매모호한 태도도 여기에서 비롯된 것은 아닐까요? 한편으로는 모던한 언어 형식을 사용하면서도 동시에 고색창연한 소재를 다루고 있는 김수영이었습니다(그래서 당시 친구들에게 놀림을 받기도 했지요). 모던한 지린 공회당의 연극 공연과, 집으로 가는 길에 늘 마주치던 고색창연한 공자묘가 미묘하게 겹쳐 보입니다. 모던한 시 형식과 전통적 정신세계의 결합, 서구적 근대와 식민의 틈바구니에서 공자묘를 지나치며 '협화극(協和劇)'을 했던 젊은 영혼. 그런 그가 해방을 맞이하여 '지나인의 의복을 입고 새로운 해협을 찾은 일이 어리석었다'(〈아메리카 타임 지〉)라거나, '세계를 바로 본 후 죽겠다'(〈공자의 생활난〉)라고 쓰는 심사는 매우 선언적이면서도 복잡한 것이었으리라 짐작해봅니다.

그렇다면 일본인, 조선인, 만주족 등의 협화를 목적으로 한 예능대회에 길림극예술연구회가 출품한 〈춘수와 같이〉는 어떤 작품일까요? 연극의 내용은 "여름방학 중에 시골에 간 도시 청년이 시골 처녀와 사랑에 빠지는데, 시골 신부가 나서서 이를 극력 반대한다는 것"[25]이라고 합니다. 최하림의 《김수영 평전》에 수렴된 이 내용은 원래 심상협의 취재로 《중도포커스》(1994. 4.)에 실린 '임헌태 취재기'를 원본으로 한 것인데, 이 취재기는 연극을 이렇게 소개합니다.

"한계, 일계, 만계 세 민족이 자기 나라 예술을 겨루는 길림성 예문협회 춘계 예능대회가 길림시 공회당에서 열렸다. 우리나라는 〈춘수와 같이〉라는 독일인 원작 3막짜리 극을 무대에 올렸다. 하계 방학 도중 도시에서 온 젊은 청년과 농촌 처녀 사이에 펼쳐지는 순정과 이를 불순이라 억제하는 신부의 종교적 관념과의 마찰을 그린 휴머니즘적인 작품이었다."[26]

이번 답사에서 우리는 〈춘수와 같이〉의 대본을 입수하기 위해 지린성 당안관(檔案館)을 방문했으나, 현재 모든 자료를 데이터베이스화하는 작업 중이라서 원문의 존재 여부도 확인할 수 없었습니다. 지금으로서는 이 연극이 지린시의 민족 협화를 위한 예능대회에 출품되었다는 사실에 비추어 그 기본적인 성격을 짐작할 수밖에 없겠네요. 다만 당시의 공연 기념 사진은 연극에 출연한 배우의 복장이 많은 정보를 알려주기 때문에 중요한 자료라고 할 수 있겠습니다.[27]

이 연극이 협화극이었을 가능성은 매우 높습니다. 1941년 '예

1945년 6월, 연극 〈춘수와 같이〉 공연 후의
무대 기념 사진. 앞줄 맨 오른쪽이 김수영이다.
뒷줄의 일본군 복장이 눈에 띈다.

〈춘수와 같이〉 공연 중인
김수영.

〈춘수와 같이〉 공연 기념
사진첩의 표지.

문지도요강' 이후의 만주국 문예 상황은 극도로 시국적일 수밖에 없었고, 더구나 많은 비용과 인원이 소요되는 연극은 더욱 더 통제의 대상이 될 수밖에 없었겠지요. 앞의 사진에 보이는 일본군 복장은 그 점과 관련해 의미심장합니다. 임헌태가 알려준 연극의 내용은 이성 간의 사랑과 종교적 관념의 갈등이지만, 그것이 어떤 과정을 통해 어떤 결론으로 나아가는지에 대해서는 말해주는 바가 없습니다. 다만 우리는 앞의 사진과 당시의 시대 상황을 통해 그 개연성을 어렴풋이 짐작할 수 있을 뿐이지요. 요컨대 결전기 예능대회에 출품되어 세 민족 협화를 위한 사업에 기여했을 연극은 협화극이었을 가능성이 상당히 높은 것입니다.

　　이 예능대회의 성격을 알기 위해 참고할 수 있는 것은 당시 일본과 조선에서 열렸던 유사한 예능대회입니다. 전쟁이 수세로 몰리기 시작하면서 일본 내에서는 "연극이 강력한 힘을 발휘하여 침체된 사람들 마음을 달래주고, 극장이 답답한 도민들의 감정의 배출구가 되지 않으면"[28] 안 된다고 주장하는 경우를 볼 수 있으며, 조선에서도 신고송의 앞의 글에서 알 수 있듯이 사람들의 기세를 올려주고 황도(皇道)의 문화를 건설하는 기능을 예능대회에 요구하고 있었습니다. 이렇듯 일본과 조선에서 발휘된 예능대회의 기능을 고려할 때, 세 민족 협화의 지린성 예능대회 또한 그런 기능을 기본적으로 전제했다고 할 수 있겠지요.

'수정 될
과 오'

김수영은 그가 경험한 해방 공간을 이도저도 아닌 좌충우돌의 시기라고 회고하고 있습니다. 당시에 쓴 시 중에서 중국을 언급하고 있는 시 한 편이 있습니다.

흘러가는 물결처럼
지나인(支那人)의 의복
나는 또 하나의 해협을 찾았던 것이 어리석었다

기회와 유적(油滴) 그리고 능금
올바로 정신을 가다듬으면서
나는 수없이 길을 걸어왔다
그리하여 응결한 물이 떨어진다
바위를 문다

와사(瓦斯)의 정치가여
너는 활자처럼 고웁다
내가 옛날 아메리카에서 돌아오던 길
뱃전에 머리 대고 울던 것은 여인을 위해서가 아니다

오늘 또 활자를 본다

한없이 긴 활자의 연속을 보고

와사의 정치가들을 응시한다

- 〈아메리카 타임 지(誌)〉(1947) 전문

"흘러가는 물결처럼 / 지나인의 의복 / 나는 또 하나의 해협을 찾았던 것이 어리석었다"라고 쓰면서, 중국-지린에 연결되어 있을 어떤 행동을 "어리석었다"고 말하는 심사는 위와 같은 김수영의 지린 생활을 전제할 때 제대로 이해될 수 있습니다. 이 연극 참여가 일종의 시국 관련 행위였기 때문에, 모든 문화제가 당국의 검열을 받던 시기였음을 감안하더라도 그것은 자랑할 만한 일이 아니었을 것입니다. 중국으로 건너갔던 행위가 어리석었다고 쓰는 심사는 그래서 매우 복잡합니다.

더구나 위의 시는 해방정국의 정치가를 객관화하는 시각을 동시에 작동시키지요. '와사'는 '가스'를 뜻하는 일본말로 여기서는 와사사(瓦斯紗)의 줄임말인데, 방적사 표면의 잔털 같은 섬유를 가스불에 태워서 반드르르하게 윤을 낸 실로 짠 피륙을 일컫습니다. 그러므로 '와사의 정치가'는 비단처럼 고운 옷을 입은 정치가를 뜻합니다.[29] 즉 만주국을 지향했던 행동이 어리석었던 것으로 비판되는 관점과, 화려한 옷을 입은 당대의 정치가를 객관화하는 시선이 동시에 작용하고 있기 때문에 〈아메리카 타임 지〉는 매우 침중하고 복잡한 시적 의미를 환기합니다. 식민지와 동양과 서양이 중첩된 세계체제의 한 결절점이 지금 김수영에게는 막 해방된 조국의 서울이라는 복판에서 맺어지고 있는 것입니다.

중국에서 막 돌아와 과거를 돌아볼 틈도 없이 모던 청년으로 활동했던 이 시기에 대해 김수영은 다음과 같은 진술을 남겨놓았습니다. 산문 〈연극 하다가 시로 전향〉에 나오는 표현인데, 이 시기의 김수영에 대한 복합적 판단을 하기 위해서는 매우 중요한 부분입니다.

나는 아직도 나의 신변 얘기나 문학경력 같은 지난날의 일을 써낼 만한 자신이 없다. 그러한 내력 얘기를 거침없이 쓰기에는, 나의 수치심도 수치심이려니와 세상은 나에게 있어서 아직도 암흑이다. 나의 처녀작 얘기를 쓰려면 해방 후의 혼란기로 소급해야 하는데 그 시대는 더욱이나 나에게 있어선 텐더 포인트다. 당시의 나의 자세는 좌익도 아니고 우익도 아닌 그야말로 완전 중립이었지만, 우정관계가 주로 작용해서, 그리고 그보다도 줏대가 약한 탓으로 본의 아닌 우경 좌경을 하게 되었다고 생각된다. 돌이켜 생각해보면 지금도 그렇지만, 그때는 더한층 지독한 치욕의 시대였던 것 같다.

김수영은 해방 공간에서의 연극 활동을 끔찍했던 삶의 기억과 연결시킵니다. 이것은 아마도 그의 식민지 시대 연극 활동과도 관련될 것이고, 해방 공간에서의 줏대 없는 정치 활동과도 연결될 것입니다. 사실 이 연극 활동에는 박인환도 관련되어 있었는데, 김수영이 중국에서 돌아와 맨 처음 찾아간 극단 청포도에서 박인환을 만나 연극에 대한 박인환의 장광설을 들어야 했던 점도 박인환에 대한 김수영의 비판적 거리감으로 연결된다고도 할 수 있습니다.

이렇듯 김수영의 일제 말 연극 활동과 해방 공간에서의 문학적 약진은 성과와 약점을 동시에 안고 있었습니다. 〈묘정의 노래〉에 대한 마리서사 동료들의 저평가와 〈아메리카 타임 지〉에 대한 친구들의 고평가가 한데 뭉쳐진 이 시기 김수영의 삶은, 청년의 치기와 생활인의 고민을 두루 포함하고 있는 것이었습니다. 세계와 나누게 될 대화를 시적 언어로 만들어내는 삶, 혹은 모던 청년으로서 시작했던 삶을 회고하면서 청년의 문학적 포부보다는 열등감을 동반한 뒤틀린 감정에 사로잡혀 있었던 이유는, 일제 말의 시국 관련 연극과 그를 극복하기 위한 좌충우돌, 그리고 해방 조국에서 해결되지 않은 역사적 과제를 짊어진 모던 청년의 심리적 뒤틀림과 연결되어 있습니다.

이 심리적 갈등의 시기가 내적으로 연소되면서 사회적 발언을 뜨겁게 토해내는 시기는 1960년의 4·19와 1964년, 1965년입니다. 김수영의 저 과거사와 관련해 함께 읽어볼 작품은 〈나가타 겐지로〉입니다. 4·19 시기에 쓴 이 시는 현실의 어떤 아이러니를 묵직하게 드러냅니다.

모두 별안간에 가만히 있었다
씹었던 불고기를 문 채로 가만히 있었다
아니 그것은 불고기가 아니라 돌이었을지도 모른다
신은 곧잘 이런 장난을 잘한다

(그리 흥겨운 밤의 일도 아니었는데)
사실은 일본에 가는 친구의 잔치에서
이토츄(伊藤忠) 상사(商事)의 신문광고 이야기가 나오고
곳쿄노 마찌 이야기가 나오다가
이북으로 갔다는 나가타 겐지로(永田絃次郎) 이야기가 나왔다

아니 김영길이가
이북으로 갔다는 김영길이 이야기가
나왔다가 들어간 때이다

내가 나가토(長門)라는 여가수도 같이 갔느냐고
농으로 물어보려는데
누가 벌써 재빨리 말꼬리를 돌렸다……
신은 곧잘 이런 꾸지람을 잘한다
 ― 〈나가타 겐지로〉(1960) 전문

나가타 겐지로는 본명이 김영길인 재일동포이자 가수입니다. 일제 말의 대표적인 친일 대중가수였던 그가 북송선을 타고 이북으로 갔다는 사실이 이 시의 소재죠. 김영길뿐만 아니라 김수영과 일제 말에 함께 일했던 상당수의 친일 연극인들이 월북했다는 사실을 생각할 때, 이 시는 한국의 근현대사 전체의 무게를 아이러니한 시대의 추이로 환기해 보여줍니다. 게다가 '이토츄 상사'는 태평양전쟁 시기에 일본군 대본영의 참모로 활동했던 세지마 류조가 성장시킨 기업입니다.

이 시적 정황에는 김수영의 식민지 시기 활동 전체와 그 트라우마가 들어 있다고 해도 될 것입니다. 김수영이 〈연극 하다가 시로 전향〉에서 보여주는 이중적 심리, 즉 좌도 아니고 우도 아닌 중간이었다는 고백이라든가, 〈아메리카 타임 지〉를 상찬하면서 일본의 시인에게 보여주자고 말하는 김병욱을 "히야까시"했다는 고백 등 이 모든 복잡한 심리가 그의 해방 전 활동과 연관 있는 것으로 여겨집니다. 함께 교유하던 김경린과 김병욱이 일제 말의 신체제 국면에서 친일 작품을 발표하고 있었다는 사실과 함께 김수영의 해방 공간이 이해된다면, 고색창연한 소재들과 모던한 언어 형식이라는 모순된 시 작품으로 출발한 그의 문학 세계는 그야말로 좌충우돌일 수밖에 없는 연유를 충분히 가지고 있다고도 할 수 있습니다. 그가 〈가장 아름다운 우리말 열 개〉(1966)라는 산문에서 모든 언어를 '수정될 (수 있는) 과오'라고 했을 때, 현실 투신의 언어를 주장하는 그에게는 삶의 과오를 수정해나가야 한다는 자기 인식이 함께 있었던 것입니다.

중요한 것은 이 역사적 상처를 김수영이 어떻게 극복하고 있는 가 하는 점입니다. 그는 이 상처를 숨기려고 하지도 않았고, 미화하려고 하지도 않았습니다. 그는 이 역사적 상처를 아이러니의 현실로 자기비판하고 있는데, 이 비판이 좀 더 극적으로 확장되어 해결되는 시기는 1964년의 한일회담 반대 시위를 거치면서입니다. 자랑할 수 없었던 과거가 뜨거운 불꽃으로 역사화되는 순간이 바로 그때였습니다.

시인 김수영, 신시론 동인들의 향연

모더니즘 시를 쓰던
충무로
유명옥 시절

김태선

연극 하다가
시로
전향

김수영 일가가 충무로에 살기 시작한 때는 해방을 맞이한 1945년의 겨울 무렵으로 알려져 있습니다. 김수영과 가족들은 중국 지린에서 돌아와 잠시 고모 댁이 있던 종로6가에 머물렀지만, 이내 충무로4가에 자리한 적산가옥(敵産家屋)을 사들여 옮기게 되었지요. 적산가옥이라는 이름에서 짐작할 수 있듯이 당시의 건물은 왜식의 목조건물이었습니다. 김수영의 아내 김현경 여사의 증언에 따르면 일본식 오카베(大壁) 건물이었다고 해요. 오카베라는 것은 기둥 양쪽에 판자를 붙이거나 회칠을 해서 외부로 드러나지 않게 만든 벽을 이룹니다. 기둥을 감춘 벽이기에 그 크기가 매우 크게 보여 오카베라는 이름이 붙은 것이지요. 일제강점기 당시 충무로는 혼마치(本町), 그 길의 이름은 혼마치토리(本町通) 즉 본정통이라 불렸습니다. 그 이름이 충무로로 바뀐 것은 해방 이후입니다. 조선시대에는 남촌이라 불리었던 남산 밑 이 일대에 일본인들이 거주하던 가옥과 상점들이 모여 있었지요. 비록 당시의 적산가옥이 지금은 거의 사라졌지만, 명동을 비롯하여 충무로 일대의 도로와 거리는 그때 구획된 것과 비슷한 모습으로 지금까지 이어지고 있습니다.

1936년에 발행된 지도인 〈대경성정도(大京城精圖)〉와 〈대경성부대관(大京城府大觀)〉을 살펴보면, 김수영 일가가 사들였던 충무로4가의 가옥이 혼마치4가(本町4丁目) 35번지에 해당하는 터의 남쪽 한곳에 자리했다는 사실을 발견할 수 있습니다. 이 35번지는 1940년에 36번지로 바뀐 후 주소가 여럿으로 분할되었는데, 1940년 당시 '36의 17'번지가 바로 유명옥과 김수영의 가족이 살았던 가옥의 주소입니다.

당시의 주소에 해당하던 곳은 오늘날 그 규모와 모습이 많이 달라졌습니다. 한국전쟁 때 이 일대가 폭격을 맞아 건물들이 다 무너졌기 때문이죠. 현재 서울시 중구 충무로4가 36의 17에는 '현대금박'이라는 상호가 붙은 하늘색 2층 건물이 있는데, 이 '현대금박' 자리가 김수영의 가족이 생활하던 공간에 해당한다고 합니다. 그리고 '현대금박'의 동쪽 건너편으로 '수연기획'이라는 상호가 붙은 2층 벽돌건물이 있는데, 바로 이곳이 유명옥이 있던 자리입니다. 그곳의 현재 주소는 '36의 2'번지죠. 김수영의 누이인 김수명 여사의 증언에 따르면, 유명옥이 면한 그 길을 따라 북쪽으로 걷다 보면 학교가 나왔다고 합니다. 오늘날 그곳에는 덕수중학교가 자리하고 있습니다.

　　김수영의 어머니 안형순은 건물 한 모퉁이에 철판을 걸어 빈대떡을 부쳐서 팔았다고 합니다. 길가에 면한 자리에 유리창으로 된 문을 내고, 그 안쪽으로 홀을 두어 손님을 맞았다지요. 홀 안쪽('현대금박' 자리)으로는 작은 방들이 있고, 홀 한쪽에 다락방으로 올라가는 계단도 있었다고 합니다. 그리고 오늘날의 '수연기획'과 '현대금박' 사이로 난 이 골목 즈음에 부엌이 있었다고 해요. 해방 직후엔 먹을 것이 귀해서 김수영의 어머니가 빈대떡을 부치면, 부치는 즉시 불티나게 팔렸다는 이야기가 전해지고 있습니다. 그렇게 유명옥은 손님들로 문전성시를 이루게 되었죠. 처음에는 상호가 없었는데 일대에서 유명한 집이 되자 '유명옥'이라는 이름을 붙이게 된 것으로 알려져 있습니다. 빈대떡이 있으니 술을 가져와 먹는 사람들이 생겼고, 결국 유명옥은 술을 들여놓고 솥을 걸어 설렁탕도 내게 되었다고 합니다. 김수영의 어머니가 유명옥을 경영하게 된 까닭은, 김수영의 아버지인 김태욱이 만주에 거주할 무렵부터 몸이 좋지 않아 자리에 눕게 되면서 경제활동을 할 수 없었기 때문입니다. 당시 김수영의 동생인 김수성이 교통부 공무원으로 일을 했지만, 부모와 여덟 남매가 함께 사는 살림살이를 공무원의 박한 봉급으로는 꾸려나가기 어려웠을 것입니다. 그래서 유명옥에 손님이 몰리자 김수성은 직장을 그만두고 가게 일을 도왔다고 합니다.

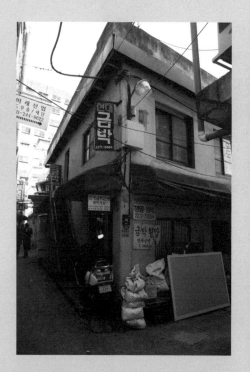

김수영 가옥이 있던 자리인 충무로4가 36의 17.
지금은 인쇄소들이 자리하고 있다.

가족이 충무로에서 지내던 시절 김수영은 이 유명옥보다는 주로 종로6가의 고모 댁에서 기거했습니다. 아무래도 부모를 비롯하여 일곱이나 되는 동생들이 함께 사는 곳인 데다 장사를 겸하는 곳이었으니 김수영의 성격으로는 그처럼 번잡한 곳에 있기가 어려웠을 수도 있을 것 같습니다. 게다가 종로6가는 김수영이 어린 시절부터 지내던 곳이고, 집 맞은편에는 죽마고우인 고광호와 김수영의 첫사랑이 살았던 동네이니 더 애틋하게 여겨졌겠지요. 하지만 이런 김수영도 치질 수술로 인해 유명옥에 틀어박혀 있을 수밖에 없었던 때가 있었습니다. 그때의 이야기는 지금까지 알려진 것 중 김수영이 유일하게 유명옥을 언급하는 글인 〈연극 하다가 시로 전향〉이라는 산문에 쓰여 있습니다. 당시 김수영은 가게 뒷방에 누워 벽지에 일본어로 〈아메리칸 타임 지〉라는 시를 썼는데, 그때 김수영을 찾아온 김병욱이 그 시를 보고 놀라운 작품이라 칭찬하면서 무라노 시로(村野四郎)에게 보내 일본의 시 잡지에 발표하자는 이야기를 했다고 합니다. 여기서 김수영이 이야기한 "〈아메리칸 타임 지〉라는 일본말 시"는 그가 우리말로 발표한 〈아메리카 타임 지〉와는 다른 시라고 합니다. 김수영은 김병욱의 극찬에 감격해하면서도, 한편으로는 그와 같은 찬사에 반감을 가지고 있었던 듯해요. 정작 우리말로 옮길 때에는 완전히 다른 시를 써버렸으니까요.

　　김수영의 유명옥 시절에서 빼놓을 수 없는 것은 바로 이 시기가 김수영이 "연극 하다가 시로 전향"한 때라는 점입니다. 김수영이

《예술부락》 2집에 〈묘정의 노래〉를 발표하면서 시인으로 데뷔한 때
가 1946년이니 바로 이 시기에 해당하지요. 물론 김수영은 선린상업
학교 시절 교지에 시를 싣기도 했고, 일본에 체류하던 시절 미즈시나
하루키의 연극연구소를 다니면서도 시를 습작한 것으로 알려져 있
습니다. 그러나 해방 후 김수영이 가족을 따라 서울로 돌아올 무렵까
지는 연극 일이 그의 주요 활동이었던 것으로 알려져 있습니다. 그러
다 극단 청포도의 일을 도우면서 사무실에서 박인환과 만나게 되고,
연극을 하던 안영일과 박상진 등에게 임화를 소개받으면서 차츰 연
극에서 시로 관심을 돌리게 되었죠. 김수영은 임화에게 매료되어 조
선문학가동맹 사무실에도 드나들고 임화가 청량리에 낸 사무실에
나가 외국 신문과 잡지를 번역했다고 합니다. 김수영의 미완성 소설
인 〈의용군〉(1953년경)에 등장하는 '시인 임동은'의 모델이 임화라고
알려져 있기도 하죠. 그러나 김수영이 임화의 사무실에 출입했던 기
간은 그리 길지 않았던 것 같습니다. 번역 일이 변변치 않았거나 사
무실의 정치색이 너무 강했던 것 같다는 게《김수영 평전》의 저자 최
하림의 추측이지요.

　　이후 김수영은 이종구와 함께 성북동의 한 학교 건물을 빌려
'성북영어학원'을 내고 학생들을 상대로 영어를 가르쳤으나, 학교가
1946년 3월에 문을 다시 열어 학원 문을 닫을 수밖에 없었다고 합니
다. 김수영이 연희전문학교 영문과에 다니게 된 때가 바로 그 무렵입
니다. 그러나 김수영이 연희전문학교에 다닌 것도 3, 4개월 남짓 되

는 기간이었다고 합니다. 학교를 그만두고 나서 김수영은 마리서사에 출입하게 되었고, 당대의 모더니스트 시인들과 교류하면서 본격적으로 시작(詩作)의 길에 들어서게 됩니다. "〈아메리칸 타임 지〉라는 일본말 시"는 그렇게 김수영이 본격적으로 시작의 길에 들어섰던 그 무렵에 쓰인 것이지요. 김수영 자신이 '좋은 시우(詩友)'라고 칭한 김병욱을 처음 만난 곳도 마리서사였습니다.

　박인환과 김병욱은 김수영이 본격적으로 시를 쓰기 시작한 무렵에 강한 영향을 끼친 두 시인이라 할 수 있습니다. 김수영은 박인환에 대해 악담에 가까운 비판을 서슴지 않았지만, 박인환은 김수영에게 '현대성'이라는 것을 깊이 사유할 수 있는 계기를 마련해준 인물입니다. 반면 김병욱은 김수영에게 시인의 현실 참여라는 것이 어떠한 것인가를 생각하도록 이끈 인물이지요. 그리고 유명옥 시절 김수영이 박인환이나 김병욱과 맺은 관계에서 빼놓을 수 없는 것이 바로 신시론(新詩論) 동인입니다.

신시론 동인의
형성과
김수영의 콤플렉스

신시론은 박인환이 주축이 되어 "바야흐로 전환하는 역사의 움직임

을 모더니즘을 통해 사고해보자"며 이 땅에 새로운 시 운동을 하고
자 결성한 동인입니다. 신시론 동인의 초창기 면모는 1948년 4월 20
일에 발간된《신시론》1집을 통해 살펴볼 수 있습니다.《신시론》1집
은 한국전쟁 이후 책의 실체를 확인할 수 없어 그동안 관계자들의 증
언으로만 그 모습을 짐작할 수 있었는데, 서지학자인 엄동섭이 책을
발굴하여 2006년 자신의 박사학위 논문과 이를 단행본으로 내놓은
《신시론 동인 연구》(태영출판사, 2007)를 통해서 그 실체가 알려지게
되었습니다. 그동안《신시론》1집의 실체가 확인되지 않아 많은 연
구에서 신시론 동인과 후반기 동인을 동일시하며 많은 혼란이 있었
는데, 엄동섭의 발굴로 신시론 동인의 구체적인 면모가 밝혀지게 되
었습니다.

　　《신시론》1집에 참여한 필자는 박인환, 김경린, 김병욱, 김경희,
임호권 등 다섯 사람입니다. 이중 김경린은 해방 전인 1940년대 초
무렵 일본에서 모더니즘 운동을 했는데, 기타노조 가츠에(北園克衛)
가 주도했던 모더니즘 운동 잡지《VOU》(바우) 그룹의 한 멤버로 알
려져 있습니다. 김경린은 일본 문단에서 글을 써왔다는 자책감으로
해방 후에는 작품 활동을 중단한 상태였다고 회고한 일이 있습니다.
그렇게 서울시청에 근무하던 김경린을 박인환이 찾아가 새로운 모
더니즘 운동을 하자고 제의했고, 1948년 초에 본격적으로 동인이 결
성되기에 이르렀죠. 김병욱도 일본의 대학에서 공부를 하고 제철회
사에서 노동을 하면서 일본의 시 전문지《사계(四季)》와《신영토(新

領土)》 등에 작품을 발표하던 인물이었습니다.

신시론 동인을 주도한 박인환은 동인을 결성하기 전부터 새로운 현대시 모임을 만들어야겠다는 생각으로 여러 시인들과 교류했고, '전후세계의 현대시의 동향과 새 시인 소개'라는 이름의 문학 행사를 기획했던 것으로 전해집니다. 1946년 7월 20일에 개최될 예정이었던 이 행사에는 박인환을 비롯하여, 송기태가 '선언문 낭독'을 하고 김수영과 박인환이 '번역시 낭독'을, 김수영과 김병욱, 이한직 등이 '원시 낭독'을 하는 한편, 회원들의 자작시 낭독과 강연 등이 계획되어 있었다고 합니다. 그러나 어떠한 연유에서인지 이 행사는 무산되었지만, 박인환이 계획했던 행사 초안을 보면 신시론 동인이 처음 결성 당시 지향하고자 했던 바가 무엇인지 그 윤곽을 그려볼 수 있습니다. 그들은 기성 시단에 새로운 변화를 불러일으키고자 했으며, 자신들이 그 새로운 출발점의 선봉장이 되고자 했던 것이지요. 이렇듯 이들이 새로운 시 운동을 일으키고자 했던 까닭은 해방 후 당시 문단의 상황에 기인합니다.

해방 후 문단은 정치적 이데올로기의 첨예한 대립으로 좌우로 갈라졌습니다. 우익 진영에는 전조선문필가협회와 조선청년문학가협회가 있었고, 좌익에서는 조선문학가동맹 등의 단체가 문단을 주도했지요. 이런 상황에서 신시론 동인은 정치적 이데올로기의 극단적 대립 상황에 휘말리지 않고 모더니즘이라는 새로운 시각을 통해 격변하는 시대를 돌파하고자 했습니다. 정치적 측면 외에도 신시론 동인은 당시 청록파를 비롯한 전통시가 해방기의 불안한 정국과 사회적 혼돈 가운데서도 개인의 정서적 표현에만 열중하는 데 대한 반발로 모더니즘을 통해 사회에 참여하고자 했습니다. 김수영은 당시 《신시론》1집에 참여했던 시인들과 깊은 교우관계를 맺으면서 왕성한 시작 활동을 하고 있었죠. 그럼에도 《신시론》1집에 참여하지는 않았습니다. 그 까닭 역시 스스로 남긴 기록이나 다른 관계자들의 증언으로 전해져 있지는 않습니다. 최하림이 쓴 평전을 비롯해 몇몇 연구에서는 김수영이 《신시론》1집부터 참여한 것으로 쓰여 있기도 한데, 이는 당시까지 《신시론》1집의 실체를 확인하지 못한 채 이루어진 추측에 기인합니다.

김수영은 〈연극 하다가 시로 전향〉에서 밝힌 것처럼, 해방기를 자신의 '텐더 포인트'라고 규정할 정도로 당시를 자신의 약점으로 여기고 있었습니다. 그 까닭 중 하나는 그의 데뷔작인 〈묘정의 노래〉와 연관이 있습니다. 〈묘정의 노래〉는 조연현이 주관하던 《예술부락》2집을 통해 1946년 발표되었습니다. 그런데 이 《예술부락》은 청록파와 같은 전통 서정시를 싣던 잡지로, 〈묘정의 노래〉 역시 김수영의 표현에 따르자면 고색창연한 노래였던 것이지요. 때문에 《예술부락》은 당시 마리서사를 드나들던, 현실을 직시하며 새로운 시 운동을 일으키고자 했던 모더니스트 시인들에게는 외면을 받던 잡지였다고 합니다.

남묘(南廟) 문고리 굳은 쇠문고리

기어코 바람이 열고

열사흘 달빛은

이미 과부의 청상(靑裳)이어라

날아가던 주작성(朱雀星)

깃들인 시전(矢箭)

붉은 주초(柱礎)에 꽂혀 있는

반절이 과하도다

아아 어인 일이냐

너 주작의 성화(星火)

서리 앉은 호궁(胡弓)에

피어 사위도 스럽구나

한아(寒鴉)가 와서

그날을 울더라

밤을 반이나 울더라

사람은 영영 잠귀를 잃었더라

－〈묘정(廟庭)의 노래〉(1945)에서

김수영 자신 역시 〈묘정의 노래〉를 자학의 재료로 삼았다고 하지요. 때문에 김수영은 〈연극 하다가 시로 전향〉에서 "〈묘정의 노래〉가 《예술부락》에 실리지만 않았더라도─〈묘정의 노래〉가 아닌 다른 작품이 《예술부락》에 실렸거나, 〈묘정의 노래〉가 《예술부락》이 아닌 다른 잡지에 실렸더라도─나는 그 당시에 인환으로부터 좀 더 '낡았다'는 수모는 덜 받았을 것이라고 생각되고, 나중에 생각하면 바보 같은 콤플렉스 때문에 시달림도 좀 덜 받을 수 있었으리라고 생각된다"며 한탄하기도 했습니다. 그렇습니다. 김수영은 《예술부락》을 통해 발표된 〈묘정의 노래〉가 동료 시인들에게 외면받자 상당한 콤플렉스에 시달렸던 것 같습니다. 김수영이 신시론의 첫 번째 동인지부터 참여하지 않은 까닭은 이러한 사정에서 연유한 것으로 보입니다. 김병욱이 "〈아메리칸 타임 지〉라는 일본말 시"를 두고 극찬했을 때, 김수영이 이에 대해 기뻐하면서도 내심 반발했던 까닭 역시 그 콤플렉스에 기인한 것이 아닌가 싶기도 합니다.

　　《신시론》 1집은 당시 시인 장만영의 후원으로 산호장 출판사에서 발간되었습니다. 기록에 따르면 산호장 출판사는 《신시론》 1집을 내기 전까지는 존재하지 않던 출판사로, 장만영이 신시론 동인을 지원하기 위해 세운 것으로 알려져 있습니다. 장만영은 《신시론》 1집 출간 이후 1948년 9월에 김기림의 《기상도》 재간본과 1949년 조병화의 《버리고 싶은 유산》 등 모더니즘 시인들의 시집을 연속적으로 간행했고, 이후 1950년대에도 박인환, 김규동, 김광균 등의 시집이 그의 손을 거쳤습니다. 장만영은 그 자신이 시인이면서도 모더니스트의 후원자 역할을 하였지요. 《신시론》1집은 국판 16쪽 분량에 불과했으나, 동인들의 시를 비롯하여 박인환과 김경린의 평론, 해외 시와 평론, 그리고 서평 등이 수록된 본격적인 문예지라 할 수 있습니다. 최하림의 《김수영 평전》에는 《신시론》1집이 표지가 없다고 나와 있으나, 발굴된 바에 따르면 미국의 사진작가 필립 할스만(Philippe Halsman)의 로런 버콜 사진이 표지로 사용된 것이 확인되었습니다(로런 버콜은 미국의 영화배우로 당시 패션의 아이콘이었다고 하지요). 할스만은 초현실주의 풍의 사진을 즐겨 찍던 작가인데, 박인환이 운영했던 마리서사에도 그가 촬영한 살바도르 달리의 사진이 걸려 있었다고 합니다.

첫 동인지가 나온 뒤 동인들이 그 기쁨을 표현하는 장면이 최하림이 쓴 평전에 다음과 같이 묘사되어 있습니다.

첫 동인지를 낸 다섯 사람은 의기양양하여, 다음에는 본격적인 앤솔러지를 내자고 다짐하면서 술집을 돌고 돌다가 김수영의 어머니가 경영하는 '유명옥'으로 향했다.

유명옥의 '도라무깡'(드럼통)에 둘러앉아 다섯 사람은 소주잔을 높이 들고

"건배! 우리들의 동인지를 위하여!"

"건배! 우리들의 시를 위하여!"

"건배! 건배! 한국현대시의 새로운 출발을 위하여!"

하고 소리치며 잔을 부딪쳤다. 소주를 입에 부었다. 빠른 속도로 술잔이 돌고 돌았다.[30]

물론 《신시론》 1집이 출간되었을 당시 김수영은 신시론 동인이 아니었기에 최하림의 묘사는 다소 문학적 허구가 가미된 것으로 보입니다. 하지만 당시 유명옥은 당대 모더니스트 시인들이 자주 출입하던 곳 중 하나였다는 것은 분명한 사실입니다. 김수영의 아내 김현경 여사에 따르면, 당시에 많은 시인들이 유명옥으로 찾아와서 술을 마셨다고 해요. 아무래도 지인이 있는 곳이다 보니 당시 주머니 사정이 어려웠던 문인들에게는 돈이 없어도 술과 안주를 얻을 수 있는 곳이었기 때문이겠지요. 그러나 김수영은 비록 돈을 잘 벌지는 못하더라도 가풍 때문에서인지 돈에 대한 관념은 철저했던 사람이었다고 합니다. 허투루 누군가에게 술을 얻어먹거나 술값을 내는 일이 거의 없었다고 합니다. 김수영은 자신의 시와 산문에서도 돈에 관한 이야기를 종종 쓰기도 하였지요.

새로운 도시와
시민들의

합 창

김수영이 신시론 동인에 본격적으로 합류한 때는 신시론 동인의 2
집에 해당하는 사화집(詞華集, 앤솔러지)《새로운 도시와 시민들의 합
창》(1949)이 발간될 즈음입니다. 한 연구에 따르면, 김수영이 가담
한 때는 신시론 동인이 결성된 이듬해인 1949년 1월에서 3월 사이
로 추정된다고 합니다. 1948년 말엽에 김수영에 앞서 주로 흑인 시
를 번역하던 김종욱이 가담하였고, 김수영과 비슷한 시기에 양병식
이 가세하였지요. 시기에 따라 그 구성에 다소 변화가 있긴 하지만, 1
집에 참여했던 박인환, 김병욱, 김경린, 김경희, 임호원 등 다섯을 포
함하여 모두 여덟 명의 시인이 신시론 동인의 멤버였다고 볼 수 있습
니다. 이들 중 김종욱은《새로운 도시와 시민들의 합창》간행 이전에
탈퇴를 하여 참여 기간이 매우 짧았습니다. 그의 이름은 '신시론 동
인들 안소로지 발간'이라는, 사화집 출간을 예고하는 1948년 12월
25일자《서울신문》의 기사에만 언급되었을 뿐이지요. 그런데 이때
김종욱만 신시론 동인에서 탈퇴한 것이 아니라 김병욱과 김경희도
함께 나오게 됩니다.

　　신시론 동인은 새로운 시 운동에 대한 의지를 공유하긴 했으
나, 그 이념적 지향이 서로 다른 두 그룹이 모인 비교적 느슨한 결사
체였던 것으로 보입니다. 신시론 동인 내부 갈등의 두 축은 김경린과
김병욱이라 할 수 있는데, 김경린은 시의 구상성을 중시한 기교파로

서 문학의 예술성을 강조하며 정치 참여에 거리를 두었던 반면에, 김병욱은 모더니즘을 기술적인 측면보다는 현실 참여의 원리로 이해했던 인물이었습니다.《김수영 평전》에 따르면, 이들의 갈등에 기폭제가 된 사건은 1948년경 남산공원 '문학의 밤' 행사 참가 문제를 둘러싼 의견 대립이라고 합니다. 해방 후 조선문학가동맹 등의 좌익 문학단체들은 '시의 밤'과 같은 낭독회를 통해 문학의 대중 참여 활동을 활발히 벌이고 있었습니다. 그래서 조선문학가동맹에 관여하고 있던 김병욱과 김경희도 행사 참여를 주장했죠. 반면에 특정한 정치적 움직임과는 거리를 두고자 했던 김경린과 박인환은 이를 반대했다고 합니다. 당시 신시론 동인은 박인환과 김경린 두 사람이 주도하고 있던 상황이라, 결국 이에 불만을 품은 김병욱과 김경희는 동인에서 이탈하게 되었습니다. 이때 김수영도 그 뜻을 같이하고자 하였으나 임호권의 만류로 〈아메리칸 타임 지〉와 〈공자(孔子)의 생활난〉(1945) 두 편을 사화집에 싣게 되었지요. 그런데 새로 출간할 사화집에 실릴 〈아메리칸 타임 지〉를 우리말로 고쳐서 달라고 했던 이가 원래 김병욱입니다. 그런 김병욱이 사화집에서 빠지게 되었고, 김수영 자신도 원래 김병욱이 달라고 했던 시가 아니라 제목만 같을 뿐 내용을 달리한 시를 사화집에 싣게 되었지요.

《새로운 도시와 시민들의 합창》이 출간된 이후에도 동인 내부의 갈등이 종결되지는 않았던 것 같습니다. 박인환과 김경린이 신시론을 주도하는 데 불만을 품은 김수영과 양병식, 임호권은 결국 동인에서 나오게 되었죠. 이 무렵 한국전쟁이 발발합니다. 이때 김병욱과 임호권은 월북을 하고, 김수영 역시 동경하던 임화를 따라 의용군에 갔다가 결국 거제 포로수용소에 이르게 되었죠. 김수영 일가도 1951년 12월 26일에 충무로를 떠나 경기도 화성의 조암리로 피난을 갑니다. 그리고 앞서 말씀드렸던 대로 유명옥이 있던 곳은 전쟁으로 인해 폭격을 맞아 모두 잿더미가 되고 말았습니다. 이렇게 유명옥 시절이 마침표를 찍게 된 것이지요.

훗날 포로수용소에서 나오게 된 김수영은 부산에 잠시 머무를 당시에 박인환으로부터 후반기 동인에 들어올 것을 제안받습니다. 후반기 동인이 신시론의 후신이니 당연히 김수영도 가세해야 한다는 것이었죠. 그러나 김수영은 박인환의 모더니즘을 불신하고 있었던 터라 그에 응하지 않았습니다. 후반기 동인은 박인환과 김경린 등이 중심이 된 만큼 현실 참여적 성격보다는 모더니즘의 구상성과 이미지적 측면을 강조하였는데, 이는 서구의 모더니즘을 그 포즈의 수준에서 모방하는 데 머무르고 있었습니다. 물론 김수영이 신시론에 참여했을 당시에 쓴 모더니즘의 시 역시 그와 유사한 한계에 머무르는 것으로 평가받고 있습니다.

해방기의 모더니즘을 연구하는 이들에 따르면, 신시론 동인의 인적 구성은 김병욱을 중심으로 한 현실 참여파와 김경린을 중심으로 문학의 구상성을 강조한 예술파로 양분됩니다. 이는 이들이 추앙했던 1930년대 중반 김기림의 모더니즘을 계승한 것이지만, 양쪽 모두 비판적 시대정신과 주지적 기교주의의 종합이라는 김기림의 시론 중 한쪽은 사상해버리고 다른 한쪽만 취하고 말았죠. 김병욱을 중심으로 한 현실 참여파는 시의 형식과 기교의 문제를 도외시하며 모더니즘을 실천의 원리로서만 이해했고, 김경린을 중심으로 한 측에서는 비판과 저항과 참여라는 실천적 가치를 모더니즘에서 추방하고 말았습니다. 그런데 이처럼 양분된 신시론의 이념적 지향은 김수영에게 중요한 문젯거리로 여겨졌던 듯합니다. 김수영은 둘로 나뉜 이러한 흐름을 깊게 숙고하고 실천함으로써 1960년대에 이르러, 신시론 동인들이 보인 모더니즘의 한계를 극복한 시와 시론을 선보이게 됩니다.

해방 후 모더니스트들의 사랑방, '마리서사'

아웃사이더
김수영의
번민과 각성

오창은

김 광 균 과
박 인 환

1945년 말 즈음이었습니다. 시인 김광균이 낙원동에서 동대문 쪽으로 꺾어지다가 '마리서사'라는 서점을 발견했습니다. 이름이 예뻐서 서점 안으로 들어섰습니다. 20평 남짓한 서점에 책이 꽉 차 있지는 않았지만, 대부분 문학책들이 진열되어 있어 더 관심이 갔지요. 김광균 시인이 서점 안에서 책 몇 권을 골라 들었습니다. 그러자 20대 청년이 다가와 인사를 건넵니다.

　　"저 실례지만, 김광균 시인이시지요?"

　　"그렇소만."

　　"아아, 맞군요. 저는 선생님 시의 애독자입니다. 이 서점의 주인이지요. 박인환이라고 합니다."

　　"서점 주인인데 의외로 젊군요."

"선생님, 저는 아직 발표한 시는 없지만 시작(詩作)을 하고 있습니다. 자주 뵈었으면 좋겠습니다."

김광균은 1914년생이고 박인환은 1926년생입니다. 김광균은 갑작스러운 인사에 당황하고 겸연쩍어 했습니다. 서점 주인이 알은체를 하며 자주 뵙자고 자청하는 상황도 이상스럽다고 생각했지요. 김광균은 그 만남을 약간 싱겁게 생각했습니다. 그때의 우연한 방문 이후 마리서사도 박인환도 잊어버리고 지냈다고 합니다.

그러던 어느 날 밤, 박인환이 9시가 넘은 늦은 밤에 김광균의 계동 집으로 직접 찾아왔습니다. 박인환은 약간 술이 취해 있었습니다. 김광균은 그가 마리서사의 젊은 주인이라는 것을 알고 난 이후에도 마음이 편치 않았습니다. 박인환은 김광균 시인에게 뜬금없는 질문을 합니다.

"선생님, 김기림을 영국 문학자 흄으로 칩니다. 선생님은 우리나라에서 영국의 어느 시인에 해당합니까?"

"그런 생각은 해본 적이 없네."

"선생님, 그럼 선생님은 영시인(英詩人) 누구를 주로 읽습니까?"

"여보게 젊은이, 나는 영국 시인은커녕 영어도 배우는 중이어서 원서로 영시를 읽을 주제도 못 되네. 나를 영국 시인에 비교하지 말게."

김광균 시인은 "약속도 없이 밤늦게 내 집 문"을 두드린 것이

언짢았고, "김 선생 소리를 듣는 것도 반갑지 않"았고, 영국 시인에게 자신을 비교하는 것도 "마땅하지 않았다"고 했습니다.

이렇게 언뜻 어긋날 것 같았던 김광균 시인과 박인환의 관계는 세 번째 만남에서야 풀어졌습니다. 화신백화점 동관 옆 2층 다방에서 김기림, 설정식과 함께 있는데, 다시 박인환이 인사를 청하면서 "요전 밤에는 실례가 많았습니다"라고 사과하더라는 것입니다. 그래서 예의상 김기림에게 "시를 쓰는 청년인데, 마리서사라는 서점을 하고 있으니 한번 가보라"고 권하게 되었습니다. 이런 인연으로 박인환과 김기림은 친구가 되었고, 마리서사를 아지트 삼아 어울리는 사이가 되었습니다. 김광균 시인은 〈마리서사 주변〉[31]이라는 글에서 그때의 기억을 상세히 기록해 글로 남겼습니다.

박 인 환 이
만 든
희 망 의 공 간

마리서사는 젊은 박인환이 시인으로서 활동하기 전에 종로3가 2번지에 문을 연 헌책방입니다. 김수영이 박인환과 밀접한 관계를 맺게 된 공간이기도 하지요. 김수영은 박인환을, 박상진이 이끌던 극단 청포도 사무실에서 처음 만났습니다. 김수영은 박인환이 마리서사를

열자 자신의 헌책을 내다 팔려고 이곳에 자주 들렀습니다. 김수영은
〈마리서사〉라는 산문에서 그때의 상황을 잘 그리고 있습니다. 김수
영은 박인환이 해방 후 2년여 동안 종로에서 책가게를 했었는데 박
인환과 친했던 사람들도 잘 모르는 사실이라고 했습니다. 마리서사
시절이야말로 박인환이 "제일 기분을 낸 때"라고 말합니다. 김수영
은 "그 책가게를 빼놓고는 인환이나 인환의 시를 생각할 수가 없었
다"고 이야기합니다.

마리서사는 현재 종로3가의 수표로인 송해길 초입, 대한보청
기 건물이 자리하고 있는 곳입니다. 당시 건물의 세 번째(동대문 방향
으로) 가게가 마리서사였다고 전해집니다. 대로변에 자리했으니 길
목 좋은 곳에 헌책방이 들어선 것이지요. 박인환은 이곳에서 1945년
말 즈음부터 1948년 2월 입춘 즈음까지 약 2년 넘게 마리서사를 운
영했습니다.

박인환은 해방 전까지 관립 평양의학전문학교를 다녔습니다.
해방이 되자 그는 학업을 중단하고 서울로 돌아와 원래 꿈꿔왔던 문
학을 하기 위해 마리서사라는 서점을 연 것이지요. 갓 스무 살이었던
박인환은 아버지의 돈 3만 원과 이모의 돈 2만 원을 합해 5만 원의
자본금으로 출발했습니다. 종로의 목 좋은 자리에 서점이 들어설 수
있었던 이유는, 그곳이 바로 이모부의 포목점 옆자리여서라고 하네
요. 이모가 돈을 대고 박인환을 후원해준 것도 가게가 나란히 있었기
때문이었겠지요. 마리서사에 진열된 책들은 박인환이 평양의학전문

학교 시절부터 애써 수집한 것들이었습니다. 자신이 소장하고 있던 책들을 가지고 책장사를 시작한 것입니다.

시인 지망생 박인환이 마리서사를 연 해방기는 희망의 열병과 부끄러움의 몸살이 공존하던 시기였습니다. 희망의 열병은 새로운 나라를 스스로 만든다는 자부심에서 비롯된 것입니다. 부끄러움의 몸살은 일제강점기를 이제 막 지나왔기에 가질 수밖에 없는 굴종의 역사에 대한 수치심 때문이지요. 젊은 작가들은 일본말을 쓰며 학교를 다녔고, 해방이 되어서는 한국어로 문학을 해야 했습니다. 몸에 밴 일본스러운 것들을 떨쳐내고 한국스러운 것들을 스스로 만들어야 했지요. 그래서 시인 오장환은 해방 후의 상황을 그의 시 〈병든 서울〉에서 "에이, 나라 없는 우리들 청춘의 반항은 이러한 것이었다 // 반항이여! 반항이여! 이 얼마나 눈물나게 신명나는 일이냐"라고 했었습니다. 그는 해방 이후이기에 "끝없는 비굴과 절망에 문드러진" 스스로를 응시해야 한다고 노래했었지요. 해방 초기는 좌익 문인과 우익 문인의 갈등이 극단으로 치닫고 있지는 않았습니다. 새로운 미래를 탐색하던 때였으니, 서로가 서로에게 거는 기대도 컸지요.

전환기는 '희망의 공간'이 넓어지는 시기입니다. 젊은이들은 새 것에 열광하기에, 낡은 것은 저절로 도태하는 때이기도 하지요. 해방은 젊은 작가들에게 이전보다 더 많은 가능성을 안겨주었습니다. 젊은 예비 문인들이 자발적으로 모이고, 이전과는 다른 문학적 탐색들도 이뤄졌지요. 그 한 중심에 박인환이 있었습니다. 박인환은

종로3가 수표로 입구에 위치한
마리서사 터.

해방기에 젊은 모더니스트들의 만남을 적극적으로 주선하여 '신시론' 동인 결성을 주도했습니다. 마리서사는 그들의 아지트였지요. 박인환은 마리서사에서 만나 인연을 맺은 송지영의 도움으로 시인이 되었습니다. 그가 발표한 첫 시 〈거리〉는 송지영이 주필로 있던 《국제신보》에 실렸습니다. 해방기라는 특수한 상황에서 제대로 된 등단 절차도 없었기에 가능한 일이었지요.

서점 이름을 '마리서사'로 붙인 것에 대해서는 두 가지 이야기가 전해오고 있습니다. 첫 번째는 화가 박일영이 "시집 《군함 말리(軍艦茉莉)》에서 따준 것"이라는 이야기입니다. 김수영이 한 얘기지요. 일본의 모더니즘 시인 안자이 후유에(安西冬衛)의 첫 시집이 《군함 말리》입니다. 이 시집의 첫머리에 실린 산문시도 〈군함 말리〉죠. 이 시집은 1929년 4월에 '현대의 예술과 비평 총서'의 제1권으로 고세이가쿠(厚生閣)에서 출판되었습니다. 김수영이 전하는 바에 따르면, 화가 박일영이 시집 《군함 말리》의 제목에서 착안해 서점 이름을 '마리서사'로 지어주었다고 합니다.

두 번째는 프랑스의 여성 화가이자 시인인 마리 로랑생(Marie Laurencin)의 이름에서 따왔다는 이야기입니다. 이것은 박인환의 아내 이정숙이 전하는 이야기입니다. 이정숙은 박인환이 자주 '마리와 기욤의 이야기'를 했다고 합니다. 마리 로랑생은 프랑스 초현실주의 문학 운동의 선구자인 기욤 아폴리네르의 연인이었습니다. 간결한 필치와 파스텔톤의 색상을 조화롭게 구사하며 소녀와 여성의 초상을 주로 그린 화가였죠. 파블로 피카소가 마리 로랑생을 기욤 아폴리네르에게 소개해줬다는 일화로도 유명합니다. 이정숙이 전하는 바에 따르면, 박인환이 '시인에게 영감을 주는' 여성 화가의 이름에서 '마리'를 따와 '마리서사'라고 이름을 지었다고 합니다.

박인환은 야심차게 마리서사의 책방 안팎을 세련된 분위기로 디자인했습니다. 서점 간판은 한자로 '茉莉書舍'(말리서사)라고 썼고, 출입문 왼쪽에는 한글 고딕체로 '마리서사'라고 적혀 있었습니다. 출입문 오른쪽에는 불어로 'LIBRAIRIE MARIE'라고도 써놓았습니다. 또 그 밑에는 역시 불어 표기로 '문학', '시', '드라마', '예술' 같은 단어를 써놓았습니다. 그리고 광고판에는 '中外良書高價買入'(중외양서고가매입)이라고 붙여놓았지요. 헌책방임을 알 수 있는 문구입니다. 책방 안에는 앙드레 브르통의 책을 비롯해 폴 엘뤼아르의 《처녀수태》, 마리 로랑생의 시집, 장 콕토의 시집 등이 진열되어 있습니다. 또 서구의 현대 시집들과 일본에서 나온 '세계문화전집', '현대의 예술과 비평 총서' 같은 전집과 총서들, 그리고 일본의 유명한 시 잡지 《오르페온》, 《판테온》, 《신영토》, 《황지》 등도 있습니다.

그곳을 들락거린 문인들은 김수영을 비롯해 모더니스트들로서는 이시우, 조우식, 김광균, 김기림이 있었고, 리버럴리스트로는 이흡, 오장환, 배인철, 김병욱, 이한직, 임호권이 있었습니다. 그리고 화가 최재덕, 길영주, 박일영도 단골이었습니다. 그곳에 전위 예술가를 자처하는 모더니스트들이 모였다가, 밤이 되면 술을 마시러 함

1947년 3월 마리서사 앞에서 임호권 시인(왼쪽)과
박인환 시인. 주소가 새겨진 인장.

께 일어나곤 했습니다. 이곳은 신시론 동인의 탄생지이기도 합니다.

진 정 한
아 웃 사 이 더
시 인

마리서사는 김수영에게도 특별한 공간이었습니다. 김수영이 만주에서 연극을 하다가 해방과 함께 귀국한 후 혼자서 시를 쓰고 있던 시절이었습니다. 김수영은 해방기를 '치욕의 시대'라고 이야기할 만큼 자신의 지난 시절을 수치스럽게 생각하고, 연극이라면 진절머리를 치고 있었습니다. 그러다가 박인환이 운영하던 마리서사를 들락거리면서 문학으로 전환할 수 있는 힘을 얻은 듯합니다.

연극에서 시로 진로를 바꾼 김수영에게 박인환은 '이상한 시'와 '이상한 말'로 영향을 끼쳤지요. 김수영은 박인환이 했던 말, "초현실주의 시를 한번 쓰던 사람이 거기에서 개종해 나오게 되면 그전에 그가 쓴 초현실주의 시는 모두 무효가 된다"를 되뇌곤 했다고 합니다. 김수영은 이러한 박인환의 말들을 진지하게 받아들이면서, 그 의미를 해석하려고 고민하고 또 고민했지요. 하지만 김수영이 박인환이 죽은 이후에 내린 결론은 "나는 인환을 가장 경멸한 사람의 한 사람이었다"입니다. 김수영은 시적 포즈에만 현혹되지 않는 시인의 진정성을 중시했습니다. 젊은 시절에는 박인환을 만나면서 언어가 발산하는 힘에 강한 끌림을 느꼈으나, 점차 언어의 힘 이면에 있는 시인의 고뇌를 발견한 것이겠지요.

김수영에게 마리서사라는 공간이 중요한 또 다른 이유는, 이곳에서 박일영을 만나 시와 예술에 대한 안목을 키웠기 때문입니다. 박일영의 본명은 박준경인데, '복쌍'이라는 이름으로도 불리는 화가였습니다. 김수영은 박일영을 따라다니며 붓을 들고 간판을 그리는 부업을 하기도 하고, 그의 제자를 자처하기도 했습니다. 박일영은 아웃사이더이자 문화기획자였으며, 초현실주의 화가였습니다. 김수영에게 '죽음의 구원', '가난의 구원', '매문(賣文)·매명(賣名)의 구원'이라는 화두를 던져주었고, "지(知)와 행(行)을 일치하기가 어렵다"는 것을 알려준 인물이기도 합니다. 김수영은 마음을 다해 그를 자신의 스승으로 모셨던 듯합니다. 그 결정적 증거가 바로 첫 시집《달나라의 장난》입니다. 1959년 춘조사에서 간행된 그의 첫 시집에는 "이 시집을 박준경 형에게 드린다"는 헌사가 인쇄되어 있습니다.

마리서사, 그곳은 어떤 의미에서는 한 시인의 정신세계가 탄생한 공간이라고 할 수 있습니다. 마리서사를 만든 이는 박인환이지만, 마리서사를 통해 '진정한 아웃사이더 시인'으로 탄생한 이는 김수영이었습니다. 김수영은 마리서사에서 자신이 갖고 있던 책을 팔고, 박일영과 같은 예술가를 얻었습니다. 문학적으로는 마리서사에서 신시론 동인들과(2집부터) 합류하는 계기를 마련했지요. 정신적으로는 그곳에서 박일영을 만나 "예술가의 양심과 세상의 허위"에 대한 가르침을 얻었습니다. 김수영의 열등감, 독설, 양심, 아웃사이더 기질은 마리서사에서 움트고 기운차게 뻗어나갔습니다.

등단작
〈묘정의 노래〉와
김수영의 각성

도대체 김수영과 박인환 사이에는 무슨 일이 있었던 것일까요?

　　김수영은 마리서사를 드나들면서, 박인환이 "이상한 시"를 좋아한다는 사실을 알게 되었다고 합니다. 김수영은 박인환을 통해 미기시 세츠코(三岸節子), 안자이 후유에(安西冬衛), 기타노조 가쓰에(北園克衛), 곤도 아즈마(近藤 東) 등 일본 모더니즘 시인들의 시를 접했습니다. 또한 박인환이 쓴 이상한 시들을 읽지 않으면 안 되었다고도 했습니다. 당시 박인환의 시에는 "멋진 식물, 동물, 기계, 정치, 경제, 수학, 철학, 천문학, 종교의 요란스런 현대 용어들이 마구 나열되어 있었"습니다. 박인환은 멋 부리는 시어들을 사용하는 '댄디 모더니스트'였던 것이지요. 김수영은 박인환의 시어들이나 시적 태도 때문에 놀라면서도 어리둥절한 고민과 혼란을 겪었던 것으로 보입니다. 그런 김수영을, 박인환은 자주 놀림의 대상으로 삼았던 것 같습니다. 특히 널리 알려져 있듯이 김수영의 등단작이 문제였지요.

김수영은 1946년 《예술부락》 2호에 〈묘정의 노래〉를 발표하며 등단했는데, 당시 조연현에게 보낸 20여 편의 시 중 〈묘정의 노래〉가 실리게 된 것입니다. 김수영은 《예술부락》에 시편들을 보낸 이유에 대해, 그 잡지가 해방 후 나온 최초의 동인지였기 때문이라고 했습니다. 이것이 박인환에게 '낡은 시'로 비웃음의 대상이 된 것이었는데, 김수영은 그 상황을 〈연극 하다가 시로 전향〉에서 다음과 같이 밝히고 있습니다.

> 지금도 일부의 평은 나의 작품을 능변이라고 핀잔을 주고 있지만, 〈묘정의 노래〉야말로 내가 생각해도 얼굴이 뜨뜻해질 만큼 유창한 능변이다. 그 후 나는 이 작품을 나의 마음의 작품목록에서 지워버리고, 물론 보관해둔 스크랩도 없기 때문에 망신을 위한 참고로도 내보일 수가 없지만, 좋게 생각하면 '의미가 없는' 시를 썼다는 증거는 될 것 같다.
>
> 그 후 이 작품이 게재된 《예술부락》의 창간호는 박인환이가 낸 '마리서사'라는, 해방 후 최초의 멋쟁이 서점의 진열장 안에서 푸대접을 받았고, 거기에 드나드는 모더니스트 시인들의 묵살의 대상이 되고, 역시 거기에 드나들게 된 내 자신의 자학의 재료가 되었다.

해방기 김수영의 상황에 대한 설득력 있는 해석을 하고 있는 박사학위 논문이 있습니다. 엄동섭은 〈해방기 시의 모더니즘 지향성 연구─신시론 동인을 중심으로〉(중앙대학교 박사학위논문, 2006)에서 몇 가지 사실을 지적했습니다. 첫 번째는 김수영의 등단작인 〈묘정의 노래〉가 1945년 《예술부락》 창간호에 실린 것으로 알려져 있었으나 사실과 다르다는 것입니다. 엄동섭은 《예술부락》 창간호는 1946년 1월에 간행되었고, 여기에는 김수영의 〈묘정의 노래〉가 수록되어 있지 않음을 고증했습니다. 김수영 스스로가 '《예술부락》 창간호에 〈묘정의 노래〉가 실렸다'고 이야기해서 이런 착오가 오랫동안 지속된 것으로 보입니다. 〈묘정의 노래〉는 《예술부락》 2호에 실려 있고, 간행 시기는 1946년 3월입니다. 두 번째는 김수영이 신시론 동인에 1집부터 참여한 것으로 알려져 있었으나 이 또한 사실이 아님을 밝혀냈습니다. 엄동섭이 밝힌 바에 의하면, 《신시론》 1집(산호장, 1948)은 김경린, 김경희, 김병욱, 박인환, 임호권 5인만 참여했고, 김수영은 신시론 동인 2집으로 간행된 《새로운 도시와 시민들의 합창》(도시문화사, 1949)에 참여하면서 합류하게 되었다고 합니다(신시론 2집에 참여한 동인은 김경린, 박인환, 임호권, 김수영, 양병식 5명이었습니다).

그렇다면 왜 김수영은 마리서사 등에서 신시론 동인들과 교우하면서도 1집에는 참여하지 않은 것일까요? 그 단서를 마리서사에서 찾을 수 있습니다. 박인환은 김수영의 등단작이 실린 《예술부락》을 "서점의 진열장 안에서 푸대접"했습니다. 뿐만 아니라 "거기를 드나들던 모더니스트 시인들의 묵살의 대상"이 되었지요. 그 의미는 박인환이 김수영의 시를 "낡았다"고 푸대접했고, 상대하려 하지 않았다는 것이지요. 김수영이 〈묘정의 노래〉에 대해 "나의 마음의 작품 목록에서 지워"버렸다고 한 데서도 그 당시의 심리 상태를 알 수 있습니다.

그러나 위대한 시인은 '시적 재능에 대한 콤플렉스'를 통해 스스로를 훈련합니다. 김수영은 '연극'을 하다가 '시'로 전향하면서 모더니스트 시인들로부터 혹독한 무시를 당했지만, 그 열등감을 심각하게 느끼고 또 극복하기 위해 몸부림치던 장소가 바로 마리서사였습니다. 김수영은 나중에야 〈박인환〉이라는 산문에서 박인환에게 "낡았다"라는 말을 되돌려줍니다. 박인환이 죽은 뒤에야 그의 시 〈목마와 숙녀〉에 대해, "너의 가장 근사한 작품"이라고 평하는 사람들이 있지만 "내 눈에는 '목마'도 '숙녀'도 낡은 말이다"라는 말을 당당하게 한 셈이지요.

종로의 서점 이야기

마리서사가 있던 자리에 지금은 대한보청기 건물이 자리하고 있습니다. 크게 들을 수 있는 가게가, 읽어야 하는 가게를 대체하고 있는 것이지요. 종로는 근대 초기부터 서점의 거리였다고 합니다. 1897년에 최초의 민영서점인 '회동서관'이 광교의 조흥은행 본점 근처에 자리 잡았고, 김상만 서포, 주한영 서포, 노형익 책사 등도 종로에 터를 마련했습니다.

독서의 대중화가 점진적으로 이뤄지던 근대 초기부터 종로에 문을 열었던 서포, 책사, 서사, 서림, 서관 등 서점들에 대해 생각해봅니다. 서점은 한국의 근대 120여 년의 역사에서 어떤 의미였을까요? 우선 근대 초기부터 서점은 '멈춤의 장소'였습니다. 책을 고르기 위해서는 시간의 멈춤을 통해 활자의 세계로 들어서야 합니다. 대중의 독서라는 측면에서 그곳은 '근대의 시간과 지식'이 만들어지는 장소지요. 더불어 서점은 만남의 장소이자 소통의 장소입니다. 마리서사에서 박인환과 김광균이 만나고, 김수영과 박일영이 만났던 것처럼 말입니다. 지금도 수많은 사람들이 서점을 약속의 장소로 이용합니다. 그곳은 멈춤이 허용되고, 시간의 흐름이 독서를 통한 '정지' 상태를 유지하기 때문이겠지요. 또한 서점은 '책을 매개로 한 정신적 평등의 공간'입니다. 모든 사람은 책 앞에서 평등합니다. 그 책을 읽는 사람이 어떤 정신세계로 이끌리느냐에 따른 각자의 길이 있을 뿐입니다. 지극한 지적 욕망에 이끌려 서점에 갔을지라도 그 지식의 궁극은 정신적 평등의 세계에 가닿는 것이겠지요. 김수영의 말을 빌리자면, '죽음의 구원', '가난의 구원', '매문(賣文)·매명(賣名)의 구원'에 도달하려고 책을 읽고 글을 쓰는 것 아닐까요.

마리서사 터 인근에 있었던 1980년대의 종로서적을 떠올려봅니다. 내가 종각역 근처의 종로서적에 처음 가본 것은 대학에 다니던 1980년대 말이었습니다. 광주의 삼복서점, 충장서림, 나라서적만 보아오다가 종로서적을 방문하고는 큰 충격을 받았습니다. 여유로운 현대식 책 진열과 서가 배치가 인상적이었고, 서점을 이용하는 사람들의 자연스러운 행동에서 부러운 감정을 느꼈습니다. 나도 얼마나 시간이 지나면 저들처럼 자유롭게 이 서점을 이용할 수 있을까 하는 생각을 했었지요. 무엇보다 나를 압도한 것은 건물 전체가 서점이라는 사실이었습니다. 지하철역 바로 옆의 6층짜리 빌딩 전체를 서점으로 운영할 수 있는 곳, '이곳이 바로 서울이구나' 하는 생각을 했습니다. 대학 1학년 때부터 시내에서 약속이 있을 때는 '종로서적 6층 문학 코너에서 보자'고 했고, 서울 시내에 볼일이 있으면 항상 종로서적에 들러 책 구경을 하다가 문학책 한 권쯤은 사들고 학교로 돌아오곤 했습니다. 2002년 6월에 그 종로서적이 최종 부도 처리되었다는 소식을 들었을 때, 시내 한복판에 있던 내 정주처가 사라졌다는 상실감을 느꼈습니다. 마리서사와 종로서적은 그리 먼 곳에 있지 않았습니다. 걸어서 5분 남짓한 거리입니다. 해방기 문인들이 종로서적을 거쳐 마리서사에 들르는 상상을 해봅니다. 그러다가 종로의 뒷골목인 피맛골로 스며들어 식사를 하고 술잔을 기울였겠지요.

종로는 지금도 서점들의 거리입니다. 종로1가 1번지에 한국 도서문화의 상징처럼 교보문고가 아직 건재하고, 종각역 부근에는 영풍문고가 자리하고 있습니다. 지금은 서점과 카페가 결합한 복합문화공간 형태로, 도심 속 서점문화로 정착해가고 있습니다. 종로의 서점문화와 더불어 시인들의 서점이 문화적 유산으로 복원되고 독자에게 향유되는 상상을 해봅니다. 오장환의 남만서방과 박인환의 마리서사가 그 대표적인 곳이겠지요. 도심이 활성화되려면 문화가 살아야 합니다. 역사를 기억하는 문화적 공간의 복원, 남만서방이나 마리서사가 그러한 중요 공간으로 자리매김할 수 있기를 바랍니다.

전쟁의 상흔,
포로
김수영

부산 거제리
포로수용소

김응교

세계의 가장
비참한 사람이
되리라

세계의 그 어느 사람보다도 비참한 사람이 되리라는 나의 욕망과 철
학이 나에게 있었다면 그것을 만족시켜준 것이 이 포로 생활이었다
고 생각한다. – 〈내가 겪은 포로 생활〉(1953)[32]에서

위의 문장은 너무도 상징적입니다. 인간 말종으로 살아가야
할 포로 생활 중에서도 그는 "세계의 그 어느 사람보다도"라는 시각
을 갖고 있었습니다. 세계인의 수준에서 문학을 하고 싶어 했다는 말
입니다. 가장 "비참한 사람이 되리라"는 것은 그에게는 창조를 위한
역설적 자산이었습니다. '어둠'(〈수난로〉)과 '설움'(〈거미〉) 따위는 그
에게 "모든 설움이 합쳐지고 모든 것이 설움으로 돌아가는"(〈긍지의

날)) 자양분이었기 때문입니다.

　김수영이 세계를 보는 눈은 늘 열려 있었습니다. 종래 김수영 문학의 본질을 밝히기 위해 연구자들은 주로 서구 문학(사상)과 동양 사상과의 영향관계에 치중해왔습니다. 당연히 가까운 일본과 김수영 문학의 관계는 충분히 해명되어야 할 항목입니다.

　위의 산문은 〈조국에 돌아오신 상병포로(傷病捕虜) 동지들에게〉(1953)라는 시와 함께 읽어야 할 글입니다. 이 시에서 가장 돋보이는 단어는 열다섯 번이나 나오는 '자유'입니다. 자유는 이 시의 처음이자 마지막입니다. 김수영은 석방되기까지 25개월 동안 자유가 없는 포로의 삶을 살았습니다. 6·25가 났을 때 그는 한청빌딩 조선문학가동맹 사무실에서 인민군 노래를 배우며 사상교육을 받고, 가두행진도 해야 했습니다. 아내 김현경 여사나 다른 이들은 김수영이 인민군에 끌려간 것으로 증언하지만 이 시의 첫 연을 보면 다른 해석도 엿보입니다.

　　그것은 자유를 찾기 위해서의 여정이었다

　　가족과 애인과 그리고 또 하나 부실한 처를 버리고

　　포로수용소로 오려고 집을 버리고 나온 것이 아니라

　　포로수용소보다 더 어두운 곳이라 할지라도

　　자유가 살고 있는 영원한 길을 찾아

　　나와 나의 벗이 안심하고 살 수 있는

현대의 천당을 찾아 나온 것이다

자유를 찾기 위한 여정을 설명하면서, 그 출발을 "가족과 애인과 그리고 또 하나 부실한 처를 버리고"라고 썼습니다. 이 구절은 자발적으로 인민군을 선택했다는 해석을 가능케 합니다. 바로 이 부분이 이 시를 발표하지 못했던 이유일 수도 있겠습니다. 김수영이 1953년경에 쓴 미완성 장편소설 〈의용군〉을 보면, 자신의 모습을 투영시킨 주인공 '순오'가 피할 수 없으니 자진해서 참가하는 과정이 드러납니다.

순오가 ○○○동맹에서 하고 싶었던 초지는 남으로 가는 문화공작대이다. 싸움지로 나가는, 그리하여 직접 전투에 참가하는 의용군은 아니었다. 순오는 자기가 억센 전투에 목숨을 걸고 싸울 만한 강한 체질을 가지고 있지 못하니까 자기는 문화공작대에 참가하여 후방 계몽사업 같은 것에 착수하는 것이 제일 타당하고, 자기의 역량을 발휘할 수도 있을 것이라고 믿었기 때문이다. '나도 시인 임동은이같이 되어야 한다.' 이것이 그때도 그의 머릿속에 굳게 뿌리박고 있었기 때문에. 그리고 ○○○동맹 사무국에서 동원 관계를 취급하는 책임자로 있던 이정규가 하는 말이, 지원자는 어디든지 마음먹은 고장으로 문화공작사업을 하기 위하여 보내줄 것이라고 하였기 때문에 순오는 지원용지의 목적지라고 기입된 난에다 안성이라고 써넣었던 것이다.

그래서 문화사업을 하러 안성으로 가게 될 줄만 알았던 것이 이렇게 뜻하지 않게 북으로 오게 된 것이다. 순오는 할 수 없는 일이라 생각하면서 그래도 반드시 무슨 특별대우가 있을 것이라는 믿음을 가지고 있었다. 이왕 문화공작대가 아니고 의용군이 된 바에야 전선에 나가 싸움을 시킬 것인데 그러지 않고 전선과는 달리 북으로 데리고 오는 것이 의아한 마음도 들었지만 오히려 믿음직한 마음이 훨씬 많았던 것은 사실이다.

'나도 시인 임동은이같이 되어야 한다'에서 임동은은 김수영이 좋아했던 시인 임화(林和)로 추정됩니다. 문화사업을 하면 된다, 후방 계몽사업 일에 참여하리라 생각했던 것입니다. 원하는 목적지 기입란에 '안성'이라 씁니다. 안성이 아닌 북쪽으로 행군하다가 다리가 아프면 큰소리로 〈빨치산의 노래〉를 신나게 부르기도 합니다.

실제로 연합군의 반격이 있자 김수영은 유정, 김용호, 박계주, 박영준 등과 북으로 끌려가 인민군에 배치됩니다. 배치된 뒤 기대와 달리 평안남도 개천(价川)에 있는 야영훈련소에서 혹독한 훈련을 받습니다. 그 과정은 그가 찾던 '자유'가 아니라, 국가폭력을 위한 강요였습니다. "내가 6·25 후에 개천 야영훈련소에서 받은 말할 수 없는 학대"(〈조국에 돌아오신 상병포로 동지들에게〉)를 그는 잊을 수 없었습니다.

서른 살의 김수영은 한참 어린 16~18세 정도의 소년병들에게

훈련받아야 했습니다. 공산주의 이념으로 세뇌된 소년병들은 말할 수 없는 학대를 했습니다. "열대여섯 살밖에는 먹지 않은 괴뢰군 분대장들에게 욕설을 듣고 낮이고 밤이고 할 것 없이 산마루를 넘어서 통나무를 지어 나르"(〈내가 겪은 포로 생활〉)는 노역을 합니다. 두 달간 끔찍한 훈련을 마치고 평양 후방 전선으로 이동할 때 김수영은 탈출을 결심합니다. 인민군에서 탈출한 그에게 어떤 일이 있었을까요.

> 평양에 와서 비로소 이승만 대통령이 국군 장병에게 보내는 치하문을 길가에서 읽고 나는 눈물을 흘리었다. 음산한 공설시장에 들어가서 멸치 150원어치를 사 가지고 등에 멘 쌀 보따리 속에 꾸려 넣고 대동강 다리가 반 이상이나 복구되어가는 것을 보면서 60원씩 받는 나룻배를 타고 유유히 강을 건넜다. 강을 넘어서니 인제는 살았다는 감이 든다. 아픈 발을 채찍질하여 남으로 남으로 나는 내려왔다. 신을 벗고 보니 엄지발이 까맣게 죽어 있다. 신을 벗어 들고 걸었다. 5리(五里)도 못 가서 발바닥이 돌에 찔려 가지고 피가 난다. 다시 신을 신고 걷는다. 새끼로 신을 칭칭 동여매고 걸어본다. – 〈나는 이렇게 석방되었다〉(1953)[33]에서

신막(愼幕)에서 미군 트럭을 타고 서대문에 내렸을 때는 1950년 10월 28일 저녁 6시경이었습니다. 서울 거리는 "살벌"했습니다. 사무원 같은 선남선녀들 모습도 보여 반가웠으나 이내 다른 사람들

눈에 자신이 적구(赤狗), 즉 빨갱이로 보일 거라는 인식이 겹칩니다.

지나가는 사람들이 나를 치어다본다. 남루한 한복, 길게 자란 수염, 짧게 깎은 머리, 1500리 길을 오는 동안에 온몸에 배인 먼지, 나는 의심을 받을 수 있는 모든 조건을 구비하고 서울로 돌아왔다.[34]

너무도 순진하게 김수영은 서대문 파출소로 가서 의용군에서 탈출했다고 말합니다. 통행금지 시간이니 내일 아침에 가라는 말을 듣지 않고 김수영은 충무로 집으로 향합니다. 조선호텔 앞을 지나 동화백화점을 지나 해군본부 앞을 지날 무렵, 지프 옆에서 땀에 흠뻑 젖은 그의 얼굴을 향해 플래시 광선이 날아왔습니다.

"어디서 오시오?"
"북에서 옵니다."
"무엇을 하는 사람이오?"[35]

짧은 대화가 그에게 평생의 상처가 될 줄을 그는 몰랐던 것 같습니다. 집이 가깝다며 곧 집에 가서 가족 얼굴을 보고 자수하겠다는 말을 하자마자,
"웅 그러면 당신은 '빨치산'이로구료."
대뜸 플래시 광선이 권총으로 바뀌었습니다. 김수영은 두 손을

들 수밖에 없었습니다.

거 제 리
포 로 수 용 소

체포된 10월 28일 이후 2주간 이태원 육군형무소, 인천 포로수용소에 수감됐다가 같은 해 11월 11일 부산 거제리로 이송됩니다.

> 단기 4283년 11월 11일 수천 명의 포로가 부산 거제리 제14야전병원으로 이송되었다. 나도 다리에 부상을 당하고 이들 수많은 인간 아닌 포로 틈에 끼여 이리로 이송되었다. 들것 위에 드러누워 사방을 바라보니 그것은 새로 설립 중인 포로 병원임에 틀림없었다. (중략) 이태원 육군형무소에서 인천 포로수용소로, 인천 포로수용소에서 부산 서전병원으로, 부산 서전병원에서 거제리 제14야전병원으로— 가족 친구 다 버리고 왜 나만 홀로 포로가 되었는가![36]

1950년 7월 24일 설치된 부산 거제리 포로수용소(釜山 巨堤里 捕虜收容所)는 유엔군사령부 아래 미 제8군사령부가 운영했습니다. 지금은 흔적이 없어 아쉽습니다만, 지금의 연제구 중앙대로 연산동 1000번지 부산광역시청과 부산지방경찰청(옛 53사단 사령부), 연제구

1950년 8월경의 거제리
포로수용소 전경.

탈출한 반공포로들을 격려하기 위한
환영대회(1953년 6월).

청 일대에 자리 잡고 있었습니다. 1950년 한국전쟁이 발발한 이후 가장 먼저 만들어진 포로수용소는 7월 7일 대전형무소 내에 설치된 '대전 포로수용소'로, 7월 8일 최초로 북한군 포로 5명을 수용했습니다. 부산시청 홈페이지에 소개된 정보에 따르면, 거제리 포로수용소는 7월 26일부로 '주한 미8군사령부 제1포로수용소(Camp EUSAK No1)'라 명명되었으며, 통상 '제1포로수용소(POW Enclosure)'라고 불렸습니다.

1950년 9월 15일 맥아더 사령관의 인천상륙작전을 계기로 전세가 역전되고 아군의 반격으로 붙잡히는 포로가 엄청나게 증가하여, 8월의 2,000명에서 9월에는 11,000명에 육박하였습니다. 계속 증가하는 포로의 관리를 위해 9월에 '인천 임시포로수용소'가 설치되고 10월 2일 서울 마포형무소에도 포로수집소가 설치되었으나, 이들 임시포로수용소나 포로수집소를 거친 포로들은 전부 부산의 거제리 포로수용소로 집결되었습니다. 9월 하순부터 포로들이 마구 쏟아져 들어오자 거제리 포로수용소에는 철조망이 더 많이 설치되면서 '제2~6포로수용소'까지 증설되었습니다. 그리고 그해 11월에는 거제도에도 수용소를 만들기로 합니다.

1952년 11월 28일 석방된 김수영은 1953년《자유세계》4월호에 시 〈달나라의 장난〉을 발표합니다. 이후 〈조국에 돌아오신 상병 포로 동지들에게〉를 1953년 5월 5일에 탈고합니다. 휴전협정 중에 미리 교환된 부상병 포로들을 환영하는 이 시는 한국전쟁에서 자신이 체험한 비극을 구체적으로 묘사한 대단히 중요한 작품입니다. 아울러 자신이 친공포로나 빨갱이가 아니라는 선언이기도 합니다.

> "그것은 본 사람만이 아는 일이지요
> 누가 거제도 제61수용소에서 단기 4284년 3월 16일 오전 5시에 바로 철망 하나 둘 셋 네 겹을 격(隔)하고 불 일어나듯이 솟아나는 제62 적색수용소로 돌을 던지고 돌을 받으며 뛰어들어갔는가"

단기 4284년은 1951년입니다. 1951년 중공군이 개입한 1·4 후퇴로 국군이 몰리다가 3월 15일에 다시 서울을 수복합니다. 김수영이 시에서 말한 1951년 3월 16일 새벽 5시에 제61수용소에 있던 반공포로들이, 친공포로들이 있는 제62수용소로 돌을 던지며 투석전을 벌인 것으로 써 있습니다. 이 사건은 거제도 포로수용소가 생기고 거의 초기에 벌어진 싸움일 것입니다. 포로수용소 안에서는 친공포로와 반공포로의 살벌한 싸움이 있었던 것입니다.

김수영이 거제도 포로수용소에서 다시 부산 거제리 수용소로 옮긴 날짜는 명확하지 않습니다만, 그의 25개월 수감 기간 중 무려 20개월은 부산 거제리 포로수용소에서 보낸 시간입니다. 박태일 교수는 "김수영이 거제도 포로수용소에서 대부분의 포로 생활을 보낸 것으로 알려져 있는데 사실 거제도 포로수용소에서 머문 기간은 서너 달에 불과하다"[37]고 했습니다. 김수영 역시 "거제리 수용소에서

나는 3년이라는 긴 세월을 지나게 되었다"(〈내가 겪은 포로 생활〉)고 썼
지요.

"나는 이것을 자유라고 부릅니다
그리하여 나는 자유를 위하여 출발하고 포로수용소에서 끝을 맺은
나의 생명과 진실에 대하여
아무 뉘우침도 남기려 하지 않습니다"
나는 지금 자유를 연구하기 위하여 《나는 자유를 선택하였다》의 두
꺼운 책장을 들춰볼 필요가 없다
– 〈조국에 돌아오신 상병포로 동지들에게〉에서

"나는 자유를 위하여 출발하고"라는 구절에서 그 출발은 앞에
서도 이야기했듯, 의용군의 길을 자유의사로 선택했었다는 뜻으로
보입니다. 잘못된 길이었다는 것을 후에 알았지만 자유를 위하여 했
던 그 선택에는 "뉘우침도 남기려 하지 않"겠다고 합니다.

포로수용소에서
독서 체험

김수영은 자유를 연구하기 위해 《나는 자유를 선택하였다》를 읽을

필요가 없다고 했는데, 이 책의 저자인 빅토르 크라브첸코는 소련의 군수물품 구매위원회 소속으로 워싱턴에 근무하는 소련 외교관이었습니다. 1944년 미국에 망명을 신청한 그는 2년 후 러시아계 유대인 기자와 함께 《I Chose Freedom》을 냈습니다. 반공 반소련 수기로 알려진 이 책은 서방세계의 정책적 후원으로 세계적인 베스트셀러가 됩니다(그러나 훗날 1966년 2월 26일, 61세의 빅토르는 유서를 남긴 채 뉴욕 아파트에서 권총 자살로 생을 마감합니다). 이 책이 우리말로는 이원식 번역으로 중앙문화협회에서 1948년 상권, 1949년 하권이 출판되었습니다. 한 사람이 번역한 것으로 나오지만 사실 "부피가 크고 두꺼운 큰 책이었는데 이 책은 20명이 힘을 합쳐 단시일 안에 번역 출판해냈다"고 원로 언론인 김을한은 증언했습니다. 한국전쟁이 일어나기 전 1948년 7월에 출판되어 초판 3천 부가 일주일 만에 팔리고 1948년에만 3판을 찍을 정도로 베스트셀러였지요.

이렇듯 지식인이라면 한번쯤 읽어야 할 책 같지만, 한쪽으로 왜곡된 책을 김수영은 읽지 않았습니다. 한국전쟁을 몸으로 체험했던 김수영은 이 전쟁이 냉전세력의 국제전쟁이라고 판단했습니다. 한국인은 그저 냉전의 꼭두각시로 서로 싸웠다는 사실을 몸으로 체험했기에 그는 이후 〈가다오 나가다오〉(1960)라는 시에서 미국과 소련 모두에게 이 땅에서 나가라고 썼습니다.

김수영은 포로수용소에서 끔찍한 사건을 많이 목도했습니다. "나는 울었다. 그들도 울었다. 남겨놓고 간 동지들은 모조리 적색 포로들에게 학살을 당하였다는 소식을 듣고 나는 아주 병이 들어 자리를 눕게 되었다"(《나는 이렇게 석방되었다》)고 회고했습니다. 1951년 9월 17일, 친공포로들이 주도한 반공포로 학살 사건이 일어났습니다. 중공군이 대공세를 취하여 부산이 이미 북한 공산군 수중에 들어왔으며 곧 거제도도 해방될 것이라는 소문이 돌았습니다. 해방되기 전에 반동분자를 처단하는 실적이 있어야 한다며 인민재판을 한 후 즉석에서 타살했습니다. 각 수용소에서 10명 내지 30명씩의 반공포로들이 학살당했는데, 시체를 변소나 수용소 안에 암매장하기도 했습니다. '9·17사건'이라 불리는 이 사건은 9월 20일까지 계속되어 각 수용소에는 인공기가 나부끼고 거제도가 인민군 해방지로 보였습니다.

친공포로와 반공포로의 싸움이 나날이 격해지면서 반공포로들이 태극기를 걸고 구호를 외치며 시위를 하기도 했습니다. 또 1952년 4월 10일에는 경비병과 포로들 간의 욕설이 빌미가 되어 투석전과 총격전이 있었습니다. 국군 경비병 4명이 사망하고 5명이 중상, 미군 대위 1명이 부상을 입었으며, 포로 30명이 피살되고 80명이 부상을 입었습니다. 그리고 1952년 5월에는 친공포로들이, 미군이 잔혹하게 대했다며 수용소 사령관인 도드(F. T. Dodd) 장군을 납치하는 사건도 일어났습니다. 이렇게 친공포로와 반공포로의 갈등이 심해지자 성향별로 분리시켜, 거제도 수용소에는 친공포로들이 모였습니다. 이에 거제도 수용소는 친공포로의 해방구가 되어 목총으로 군사훈련을 하기도 했습니다.

이렇듯 김수영은 참혹한 비극을 체험했지만, 그래도 포로수용소에서 지낸 그 모진 세월은 '자유'를 위한, "대한민국의 꽃"을 위해 "싸우고 싸우고 싸워왔던" 여정이었습니다.

> 그것이 너무나 순진한 일이었기에 잠을 깨어 일어나서
> 나는 예수 크리스트가 되지 않았나 하는 신성한 착감(錯感)조차 느껴
> 보는 것이었다
> 정말 내가 포로수용소를 탈출하여 나오려고
> 무수한 동물적 기도(企圖)를 한 것은
> 이것이 거짓말이라면 용서하여 주시오
> 포로수용소가 너무나 자유의 천당이었기 때문이다
> – 〈조국에 돌아오신 상병포로 동지들에게〉에서

이 시에 나타난 "예수 그리스도와 '신성'에 관한 언급은 김수영 연구사에서 완전히 결락한 김수영 시 세계의 한 측면을 품고 있다"[38]는 이영준의 평가는 대단히 중요합니다. 포로수용소에서 김수영은 처음으로 성경을 "전심을 다하여" 읽는 체험을 합니다. 그는 성경을 그저 지식으로 혹은 관념으로 읽지 않았습니다. 성경의 역사가 예수의 말씀인 동시에 "거제리를 탈출하여 나올 때 구제하지 못한 채로 남겨두고 온 젊은 동지의 말"로 읽었던 것입니다. 이후 김수영의 시에서 종교적 상상력 혹은 숨은 신(Hidden God)의 문제는 그의 시 전

체를 일관하는 중요한 특성으로 나타납니다.

또 다른
감옥의 포로

석방된 김수영은 다시 찾은 자유에 쉽게 적응하기 어려웠습니다. 1952년 11월 28일 수용소에서 석방된 김수영은 이듬해 1953년에 대구에서 미8군 수송관 통역으로 취직했다가, 곧 부산에서 모교(피난학교)인 선린상업학교 영어 교사로 일하기도 했습니다. 이 무렵 〈조국에 돌아오신 상병포로 동지들에게〉라는 시를 썼고, 1953년《해군》6월호에는 〈시인이 겪은 포로 생활〉이라는 제목으로 원고지 30매 분량의 산문을 발표했습니다. 그리고 뒤이어 1953년《희망》8월호에 발표한 〈나는 이렇게 석방되었다〉라는 글에는 다음과 같은 대목들이 나옵니다.

> 모두가 생각하면 꿈같은 일이다. (중략) 잔등이와 젖가슴과 무르팍과 엉덩이의 네 곳에는 P.W(PRISONER OF WAR: '포로'라는 의미)라는 여덟 개의 활자를 찍고 암흑의 비애를 먹으면서 살아온 것이 도무지 나라고는 실감이 들지 않는다.

너무 기뻐서 나는 집으로 돌아갈 생각도 잘 할 수 없었다. 길거리—오래간만에 보는 길거리에는 도처에 아이젠하워 장군의 환영 '포스터'가 첩부(貼付)되어 있었다. 나는 그의 빙그레 웃고 있는 얼굴을 10분이고 20분이고 얼빠진 사람처럼 들여다보고 서 있었다.

1953년 7월 27일 휴전 협정이 조인되고, 부산 거제리 포로수용소는 1953년 8월 5일부터 포로 송환이 개시되면서(9월 6일 송환 업무 완료) 폐쇄됩니다. 이후 포로수용소 자리였던 연제구 연산동 1000번지 일대에는 한국군 군부대인 53사단(육군 7376부대) 사령부가 자리 잡습니다.

김수영은 1953년 겨울 서울에 있는 주간《태평양》편집부에서 근무합니다. 그러나 이제 그에겐 신식민지 분단국가의 독재체제라는 또 다른 감옥이 기다리고 있었습니다.

시인의 방,
시인의
생활

마포 종점,
구수동의 집

오창은

마포
버스 종점에
깃들다

김수영은 역사의 폭풍우에 휩싸인 영혼이었습니다. 김수영이 견뎌
낸 시대가 그의 시에는 옹이져 박혀 있습니다. 그는 태평양전쟁과 한
국전쟁이 몰고 온 숱한 죽음들 사이에서 살아남았습니다. 일제강점
기에는 일본 도쿄에서 연극 수업을 받다가 태평양전쟁의 학병 징집
을 피해 귀국하여 죽음을 피했습니다. 한국전쟁기에는 인민군에 강
제 징집되어 체포되었다가 부산 거제리 포로수용소에서 가까스로
살아남았습니다. 그의 시에는 죽음의 그림자가 드리워져 있었습니
다. 김수영은 죽음을 넘어 문학으로 비겁함을 이겨냈고, 가난의 고비
를 넘어 시로 삶의 의미를 되뇌었습니다.

　　김수영이 한국사의 격랑 속에서 자신을 추스를 수 있었던 시기

는 1956년에 이르러서였습니다. 그때에야 비로소 가족과 새 삶을 모색하기 시작했고, 번역과 양계로 경제적인 문제를 해결할 수 있게 되었습니다. 김수영에게 1956년 6월은 중요한 인생의 전환기였습니다. 그리고 마포구 구수동은 김수영의 시가 뿌리내릴 토양이 되었기에 주목해야 할 곳입니다.

김수영 가족이 마포구 구수동 41-2번지로 이사한 때가 1956년 6월이었습니다. 김수영 가족은 돈암동과 성북동에서 셋방살이를 하다가, 마포에 맞춤한 집이 매물로 나와 옮겨오게 되었습니다. 당시 마포 구수동은 서울이긴 했지만 시골 동네처럼 외진 곳이었습니다. 형편에 맞는 집을 고르다 보니 구수동까지 이르게 된 것이지요.

김수영의 구수동 집이 있던 터에는 2019년 현재 영풍아파트가 들어서 있습니다. 구수동 사거리에서 신수동 사거리로 가는 중간 즈음에 오른편으로 보이는 아파트지요. 김수영의 아내 김현경 여사의 증언에 의하면, 이 영풍아파트 102동이 자리한 곳이 집터였다고 합니다. 지하철 6호선 광흥창역에서 비교적 가까운 곳에 위치해 있지요. 하지만 1950년대 중반 이곳은 교통 사정이 좋지 않았던 것 같습니다. 그때의 상황을 가늠할 수 있는 신문기사도 있습니다. 1955년 11월 10일자 《동아일보》의 〈조류(潮流)〉라는 투고란에 "단축에 추문 자자, 마포 버스 종점"이라는 기사가 실렸습니다. '교외통근생 안(安)'이라는 독자가 쓴 투고 기사에 의하면, 1955년 11월 초순경에 마포 버스 종점이 마포 전차 종점 부근으로 옮겨졌다고 합니다. 그런데 그 배경이 수상하다는 것이지요. 한 음식점 주인이 영업 이익을 위해 공무원에게 막대한 운동자금을 써 종점을 옮겼다는 소문이 자자하다는 것입니다. 그리고 이로 인해 현석동, 신수동, 구수동(당인리)에서 출퇴근하고 있는 버스 승객들의 불편이 크게 가중되었다는 것입니다. 투고자인 '안'은 '버스 운행 거리를 연장은 못해줄망정 단축한다는 것은 말도 안 된다'고 비판하고 있습니다. 이렇듯 1950년대 중반 구수동 41-2번지 일대는 버스의 종점에서도 거리가 있을 정도로 외진 곳이었습니다.

김수영 집 주변 풍경은 어떠했을까요? 최하림은《김수영 평전》에서 '한강이 내려다보이는 언덕 위의 집'을 그리고 있습니다. 김수영 집 뒤편으로는 언덕이 있고, 그 아래 길을 돌아오면 허름한 대문이 있습니다. 대문 아래 시멘트 블록으로 지은 기역(ㄱ) 자 집이 자리잡았고, 서남쪽으로는 넓은 마당이 펼쳐졌습니다. 마당에서 한강이 바로 내려다보일 정도로 집의 위치가 높았습니다. 지금으로 치면 밤섬과 서강대교가 보이는 위치였던 셈이지요. 대지는 500평으로 넓었고, 건물은 26평이었습니다. 잡초가 많아 여름이면 모기가 들끓었고, 마당 아래편으로는 시금치밭이 있어 거름으로 쓰는 인분 냄새가 주변에 진동했습니다.

이곳으로 이사하기 전, 김수영은 미8군 수송관의 통역관, 선린상업학교 영어 교사, 그리고 주간《태평양》에서도 근무했습니다. 《평화신문》문화부에서 반년여 동안 일하기도 했습니다. 하지만 김

김수영이 살던 마포 구수동 41-2번지에는
현재 영풍아파트가 들어서 있다. 이 아파트의
102동 자리가 김수영의 집터였다고 한다.

영풍아파트 바로 뒤로 높은 축대가
보인다. 김수영 집 뒤편에 있던
그때 그 언덕이었을까.

수영은 이들 직장에서 정상적인 업무를 수행할 수 없었던 듯합니다. 이른바 인텔리의 직장을 전전하면서도 잦은 이직을 했습니다. 그런 그가 농촌이나 다름없는 구수동으로 이사를 와서 농사도 짓고 양계도 하면서 '노동이 있는 삶'을 살게 된 것입니다. 김수영은 노동을 통해 죽음의 상처를 치유했고, 자신의 힘으로 가난한 삶으로부터 벗어났습니다. 그의 시에 드러나는 시민적 건강함, 삶의 긍정성은 농촌적 삶과 노동하는 일상으로 인한 것일 가능성이 큽니다.

노동으로
풍경의 일부가
되다

노동하는 삶은 자기를 존중하는 마음가짐을 갖게 합니다. 무언가를 온전히 자신의 힘으로 만들어냄으로써, 사람들은 스스로를 의미 있는 존재로 인식합니다. 물론 대규모로 조직화된 체계에서 이뤄지는 노동은 조금 다릅니다. 흔히 분업화라고 말하는 이러한 노동은 임금 노동과 연결되어 소외 효과를 만들지요. 즉 노동이 도구화됨으로써 인간도 부속품화되는 경험을 하게 만듭니다. 하지만 자신의 힘으로 온전한 생산물을 만들어내는 노동은 자기 완성적이기에 '세계와 나'의 관계를 긍정하게 만들지요. 생명을 관리하고 작물을 수확하는 농업은 자연과 더불어 있기에 세계와 더 화합하게 됩니다.

김수영은 전쟁의 압도적 폭력 앞에 섰던 경험이 있습니다. 조직화된 대규모 폭력 앞에서 생존을 위해 몸부림을 쳐야 했습니다. 숱한 죽음들 사이에서 스스로를 무력한 존재로 인식하는 큰 상처를 입었습니다. 그 상처가 깊게 새겨져 있어서, 분업화되고 직능화된 도시적 삶에 회의를 느꼈을 것입니다. 한국전쟁이라는 거대한 죽음의 폭력을 겪어낸 자의식이 강한 개인이라면, 누구나 스스로를 존중하는 마음을 갖기가 쉽지 않았을 것입니다. 전쟁 이후, 휴전 상태인 한반도에서 죽음의 공포를 지워내는 것이 평탄치만은 않았으리라고 봅니다.

김수영은 구수동으로 이사한 이후에야, 흙을 다루면서 인간으로서의 자존감을 서서히 회복해 나갑니다. 1956년에 쓴 〈여름 아침〉은 각별한 의미를 담고 있는 시로 읽힙니다.

여름 아침의 시골은 가족과 같다
햇살을 모자같이 이고 앉은 사람들이 밭을 고르고
우리집에도 어저께는 무씨를 뿌렸다
원활하게 굽은 산등성이를 바라보며
나는 지금 간밤의 쓰디쓴 후각과 청각과 미각과 통각(統覺)마저 잊어버리려고 한다

물을 뜨러 나온 아내의 얼굴은

어느 틈에 저렇게 검어졌는지 모르나
차차 시골 동리 사람들의 얼굴을 닮아간다
뜨거워질 햇살이 산 위를 걸어내려온다
가장 아름다운 이기적인 시간 위에서
나는 나의 검게 타야 할 정신을 생각하며
구별을 용서하지 않는
밭고랑 사이를 무겁게 걸어간다

고뇌여

강물은 도도하게 흘러내려가는데
천국도 지옥도 너무나 가까운 곳

사람들이여
차라리 숙련이 없는 영혼이 되어
씨를 뿌리고 밭을 갈고 가래질을 하고 고물개질을 하자

여름 아침에는
자비로운 하늘이 무수한 우리들의 사진을 찍으리라
단 한 장의 사진을 찍으리라
- 〈여름 아침〉 전문

김수영의 〈여름 아침〉에는 밭에서 일하는 시인의 마음이 진솔하게 담겨 있습니다. 시인은 시골 농촌 풍경을 이야기하듯, 구수동의 정경을 묘사합니다. 이곳에서는 모자를 쓰듯이 햇살을 이고 밭일을 합니다. 시인의 가족도 무씨를 뿌리고, 점점 동네 사람들과 동화해갑니다. 시인은 스스로에게 "나는 나의 검게 타야 할 정신을 생각"한다고 이야기합니다. 노동에 더 깊이 자신을 내던짐으로써, "숙련이 없는 영혼"이라는 무상무념의 상태를 열망합니다. 이 시는 노동의 시이고, 치유의 시입니다. 여름 아침의 풍경 속에서 너무도 작은 인간 존재를 발견하고, 이를 통해 "후각과 청각과 미각과 통각마저 잊어버리"는 몰입의 상태로 나아가려 합니다.

〈여름 아침〉은 구수동을 자신의 삶 속으로 끌어안으려는 김수영의 마음이 읽히는 시입니다. 김수영은 〈장마 풍경〉(1964)이라는 산문에서 "풍경을 보는 것도 좋지만 풍경을 사는 것은 더 좋다"고 멋진 말을 했는데, 김수영은 밭일을 하면서 '풍경을 사는' 자신을 발견합니다. 풍경 속에 들어가 있는 자신을 "자비로운 하늘이 무수한 우리들의 사진을 찍으리라"라고 상상했습니다. 자신이 풍경이 되어, 풍경 속에 사는 모습을 상상하는 것이지요. 시에서는 자연의 관점에서 상대화된 시인의 모습이 포착됩니다. 삶과 죽음의 번민 속에서 깨달음에 도달한 인간은 겸허함에 도달합니다. 스스로를 작게 위치 짓고, 세상의 섭리 속에서 자신의 상황을 바라보게 되지요. 풍경이 되어버린 시인 김수영이 구수동의 자연 속에서 겸허를 터득해 나갔음을,

〈여름 아침〉이라는 시를 통해서도 확인할 수 있습니다.

닭 을
키 우 는
시 인

김수영은 구수동으로 이사 온 후에, 취직하여 직장생활을 하는 대신 번역과 양계로 생활을 도모했습니다. 양계를 하는 데는 500평이나 되는 넓은 대지가 좋은 조건이 되었습니다. 이웃과 100미터 이상 떨어진 외진 곳에 집이 자리 잡고 있었다는 점도 영향을 미쳤겠지요. 본격적으로 양계를 시작한 것은 이사한 이듬해인 1957년 즈음이었습니다. 이사 온 첫해에는 부부가 돼지를 키우면서 닭은 열 마리가량만 키웠습니다. 하지만 돼지를 키워서는 수익을 낼 수 없다고 보고, 이듬해부터는 닭을 100마리로 늘려 본격적인 양계를 시작한 것이지요. 김수영은 양계 관련 일본어 원서를 구해서, 하나하나 책을 통해 배워나가면서 닭을 키웠습니다. 아내 김현경도 다른 양계장을 찾아가 사료 구하는 법이며 닭 키우면서 조심해야 할 것 등을 배웠습니다. 우여곡절도 많았습니다. 병아리들이 전염성이 강한 유전병인 백리(白痢)병에 걸려 하룻밤 사이에 10여 마리 넘게 죽어나가는 일도 있었습니다. 콕시즘이라는 병도 있는데, 이 병은 유전병은 아니지만 전염성이 강해 큰 곤욕을 치르기도 했습니다.

　　김수영은 양계를 '저주받은 사람의 직업'이자, '인간의 마지막 가는 직업'이라고 했습니다. 그러면서도 그는 '원고벌이보다는 한결 마음이 편하지요'라고도 했다가, '한국의 원고벌이에 못지않게 비참합니다'라고도 했습니다. 그가 양계를 하면서 생활인으로서 겪은 고통은 이루 말할 수 없는 것이었습니다. 닭을 많이 키울 때는 800여 마리까지 키웠다고 하니, 규모도 제법 컸던 셈입니다. 이렇게 규모 있게 양계를 하다 보니, 사료 값도 만만치 않게 들었습니다. 사료 값이 10배로 뛰어 곤란을 겪기도 하고, 양계장에 도둑이 들어 긴장하며 밤을 새우기도 했습니다. 부부의 노동만으로는 양계 일이 감당이 되지 않아 나중에는 담양에서 올라온 '만용'이라는 아이를 데려다가 일을 맡겼다고 합니다. 만용은 김수영 부부의 양계 일을 도우면서 야간중학교와 야간고등학교를 마치고, 야간대학까지 졸업했습니다. 만용은 대학에 다니면서도 양계 일을 도운, 김수영 가족의 조력자였습니다. 김수영 부부는 10년 넘게 양계를 하는 동안 가장 보람 있는 일로 만용이 대학을 마친 것을 꼽을 정도였지요. 부부는 '닭을 10년을 키우는 것보다 사람을 10년 키우는 것이 낫다'라고 했다고 하네요.

　　김수영의 닭 키우는 이야기는 그의 산문 〈양계 변명〉(1964)에 잘 나와 있습니다. 이 글에서 그는 "나는 양계를 통해서 노동의 엄숙함과 그 즐거움을 경험했습니다"라고 했습니다. 김수영은 양계를 하면서 '노동'의 의미를 터득한 셈이지요. 그의 시가 더욱 넓은 세계를 껴안을 수 있었던 것은 그가 노동하며 시를 썼기 때문일 것입니다.

더불어 김수영은 구수동에서 점차 안정적인 일상을 찾아가기도 했습니다. 양계업이 그에게 삶의 소소한 행복을 가져다준 것이지요. 김현경 여사가 펴낸 에세이인《김수영의 연인》에는 구수동 시절의 일상에 대한 많은 이야기가 나옵니다. 김수영의 행복했던 일상 중에 이런 일도 있었습니다. 1963년 혹은 1964년 여름 즈음이었다고 합니다. 그때는 김수영 가족의 형편도 어느 정도 여유가 생기기 시작했던 때입니다. 김수영은 독서와 번역, 그리고 시 쓰는 일을 집에서 했기에, 집 자체가 직장이나 다름없었습니다. 그는 아무리 친한 친구가 찾아와도 집에서 만나는 일은 거의 없었습니다. 누가 집을 방문하면, '없다고 하라'고 해서 그냥 되돌아가게 하는 일도 잦았지요. 그렇다 보니, 아이들도 그런 거짓말을 곧잘 했다고 합니다. 하루는 한 달 남짓 바깥 외출을 하지 않은 김수영 시인을, 친한 벗 유정(柳呈)이 찾아왔습니다. 김수영은 방에서 소반을 펼쳐놓고 글을 쓰고 있었습니다. 마당에서 뛰어놀던 둘째아들 우에게 유정이 "아빠 계시냐"라고 물으며 집 안으로 들어섰습니다. 글을 쓰고 있던 김수영도 그 소리를 들었겠지요. 그런데 당돌하게도 우가 "아버지 안 계세요"라고 대답하더라는 것입니다. 유정과 김수영 가족은 각별한 사이였습니다. 유정의 아들과 둘째 우는 동갑내기였고, 김수영과 유정 가족은 가끔 함께 식사도 했습니다. 창경원에 벚꽃놀이를 함께 간 적도 있었습니다.

그런데도 우가 능숙한 연기 솜씨로 유정을 되돌아가게 한 것이지요. 우는 조금 있다가 방문을 열고 달려오더니 "아빠, 나 잘했지?"라고 자랑까지 했다고 합니다. 우는 '아빠가 글을 쓰는데 손님이 오면 방해된다'고 생각해서 그런 거짓말을 한 것이지요. 둘째아들 우의 마음을 알게 된 김수영은 흐뭇하고 행복해했다고 합니다. 집까지 찾아온 유정을 문전박대한 것이나 마찬가지 상황이 된 것에 대해서는 나중에 유정에게 사과하고, 벌술까지 냈다고 하지요.[39]

김수영은 구수동 시절, 마루에 맨발로 걸터앉아 아무 하는 일 없이 한강을 건너다보고 아이들을 바라보면서 평화로움을 느꼈다고 합니다. 바로 그 구수동 집에, 노동과 휴식, 일과 가족, 그리고 평화를 열망하는 시가 깃들어 있었던 것이지요.

김수영에게 구수동은 시의 공간이자, 혁명과 일상이 대비되는 지점에서 느껴지는 소심함이 똬리를 틀던 생활의 장소였습니다. 김수영은 구수동에서 1956년 6월부터 1968년 6월까지 꼬박 12년을 살았습니다. 그는 이곳에서 닭을 키우고, 번역을 하고, 시와 산문을 썼습니다. 4·19를 겪고 다시 5·16을 감내하면서, '혁명과 반혁명' 사이에서 내면의 혁명을 꿈꿨습니다. 김수영에게는 구수동이야말로 '혁명을 목격하고, 혁명을 시로 기록'했던 '시 혁명'의 장소였습니다.

시인의 서재. 김수영이 원고를 쓰던 식탁의
모습을 재현해놓았다(김수영문학관).

거대한 뿌리,
쓰러지다

항상 죽음을 생각하던 시인에게, 죽음은 너무도 갑작스럽게 찾아왔습니다.

1968년 6월 15일 밤 11시 50분경, 이웃집 여인이 김수영의 집 문을 다급히 두드렸습니다. 아내 김현경이 놀라 문을 열자 "저 앞길에서 교통사고가 났는데 아무래도 이상해요"라고 전해왔습니다. 너무 놀라 집 앞 사고 현장에 달려가보니 검은 피가 낭자했지만, 차도 부상자도 없었다고 합니다. 김현경은 인근 파출소로 달려갔습니다. 경찰은 교통사고 소식을 전혀 모르고 있었습니다. 그래서 김현경은 다시 택시를 타고 인근 병원을 하나하나 찾아다니며 수소문을 했다고 합니다. 그러다 한 병원에서, 교통사고 당한 사람을 금방 적십자병원에 보냈다는 소식을 전해 듣고 바로 찾아가보니 김수영이 중환자실에 산소호흡기를 코에 꽂고 누워 있었습니다.

김수영의 안타까운 죽음은 출판사인 신구문화사 방문 이후 길어진 술자리 때문이었습니다. 아내 김현경이 급히 돈을 쓸 일이 있다면서, 김수영에게 신구문화사의 신동문 시인에게 부탁할 수 없느냐고 물었던 것이지요. 김수영은 신구문화사의 번역을 주로 맡아 했었고, 신동문 시인과 가까운 사이였습니다. 사고가 있던 날, 김수영은 신동문 시인에게 번역료 선불을 부탁해 받았습니다. 그런 다음 신동문 시인과 한국일보 기자 정달영, 소설가 이병주와 함께 밤늦게까지 술을 마셨습니다. 김수영과 이병주는 1921년생으로 동갑내기였기에, 서로 살아온 시대가 같아 나눌 수 있는 이야기도 많았겠지요. 신동문은 먼저 들어가고, 정달영과 이병주와 함께 늦게까지 술을 마시고 혼자 귀가하다가 구수동 집 근처에서 버스에 부딪히는 사고를 당한 것입니다. 그 사고 장소가 바로 영풍아파트 앞에 있는 지금의 '신수중학교 버스정류장'입니다.

이병주와 정달영과 함께 했던 술자리에서, 이병주가 당시 김현옥 서울시장과 함께 술을 더 하자고 제안했다고 합니다. 이병주는 진주중학 상급생 시절에 학교 사환이었던 김현옥과 인연을 맺었고, 이후 가까워진 사이였기에 가능한 술자리 제안이었겠지요. 하지만 김수영은 권력자와 동석하지 않겠다며 이 제안을 거부했다고 합니다. 만약 김수영이 이병주의 제안을 수락하고 그 술자리에 동석을 했다면 죽음을 피할 수 있지 않았을까 하는 것이 아내 김현경의 안타까운 추측입니다.

김수영의 장례식은 1968년 6월 18일 세종로 예총회관 광장에서 문인장(文人葬)으로 치러졌습니다. 그의 시신은 도봉동의 선영에 안장되었지요. 그리고 그해《현대문학》8월호에 '김수영 추모 특집'이 실립니다. 거기에는 김수영의 유작 시 〈풀〉(1968)과 〈사랑의 변주곡〉(1967), 그리고 최정희, 안수길, 모윤숙의 추모글과 백낙청의 평론 〈김수영의 시 세계〉도 게재되었습니다. 주목할 부분은 이병주의 소설 〈마술사〉가 '301장 전재'라는 부기를 달고 수록되었다는 사실입니다. 그런데 이 부분이 최하림의 《김수영 평전》에는 잘못 기록되어 있습니다. 최하림은 김수영이 생애 마지막 날 이병주와 함께 했던 술자리를 이야기하면서, "〈소설 알렉산드리아〉로 《세대》 잡지를 통해서 늦깎이로 문단에 발을 디딘 이병주는 최근 《현대문학》에 〈마술사〉를 발표하여 문단의 주목을 끌었다. 김수영도 〈마술사〉를 읽었다"[4]라고 기술했지만 사실과 다릅니다. 〈마술사〉는 김수영 사후인 1968년 8월호에 게재되었으니까요.

김수영과 이병주는 둘 다 죽은 후에 또 다른 인연을 만들게 됩니다. 김수영이 세상을 떠난 후 1년 뒤인 1969년에 1주기를 맞아 〈풀〉의 일부를 쓴 친필 시비가 김수영의 묘 앞에 건립됩니다. 이 시비는 1991년 도봉산 국립공원 내의 도봉서원 앞으로 이전했습니다. 그런데 세상에는 공교로운 일도 참 많습니다. 이병주는 1992년에 세상을 떠났는데, 그의 1주기를 맞아 1993년 4월 3일에 이병주의 〈북한산 찬가〉 시비가 세워집니다. 공교롭게도 이 시비는 김수영의 시비 바로 아랫녘에 자리 잡게 됩니다. 즉 도봉산 자락 도봉서원의 위쪽에는 김수영의 시비가, 바로 그 아래에는 이병주의 시비가 나란히 서 있는 것이지요. 1921년생 동갑내기 이병주와 김수영의 특이한 인연, 둘에 얽힌 사연이 너무도 공교롭습니다. 김수영은 이병주와 함께한 술자리의 여파로 교통사고를 당했고, 둘은 도봉산에서 두 개의 시비로 사후에 서로 대면을 하게 되었습니다. 각자 살아온 길은 다를지라도, 두 사람은 세상을 떠난 이후에도 나란히 숲속에서 문학적 대화를 나누고 있는 듯합니다.

상주사심, 날마다 죽음을 생각하라

김수영은 책상 옆 달력 한구석에 '상주사심(常住死心)'이라는 글을 써놓았습니다. 아내 김현경이 그 뜻을 묻자 김수영은 '어느 불경책에 있는 말'이라면서, '늘 죽음을 생각하며 살라'라는 의미라고 답했다고 합니다. 김수영은 스스로를 다잡으려는 의도로 이 구절을 좌우명으로 삼았던 듯합니다. 죽음을 가까이 하는 시인, 무언가 평온하지 않은 마음을 감지하게 됩니다. 무엇을 위해 죽음을 생각하며 일상을 사는 것인가 하는 의문도 뒤를 잇습니다.

금강경에는 '응무소주이생기심(應無所住而生其心)'이라는 말이 있습니다. 흔히 "아무데도 머무는 바 없이 마음을 낸다"로 해석하는데, '상주사심'과 대비해서 읽어볼 만한 구절이지요. '상주사심'은 죽음에 집착하는 마음일 수도 있습니다. 금강경의 구절은 죽음과 같은 것에도 집착하지 말고 마음을 내라는 의미입니다. 저는 이런 생각을 해봅니다. 김수영이 살아온 시대는 '죽음의 시대'였습니다. 김수영은 일제강점기 말기의 태평양전쟁부터 해방 공간의 좌우 대립, 한국 전쟁과 포로수용소 시절 등 수많은 죽음을 통과한 이후에 남은 상흔을 안고 살았습니다. 김수영은 이미 과거가 되어버린 죽음의 기억들을 되새기며 집착하는 마음을 다잡으려 했을 것입니다. 그리고 그의 집착은 삶과 죽음에 머물러 있는 것이 아니라, 시를 통해 극복되었을 것이라는 생각을 해봅니다.

이를 엿볼 수 있는 생각의 편린들을 김수영의 산문 〈마리서사〉에서 발견할 수 있습니다. 김수영은 해결하지 못한 채 떠안고 있는 세 가지 고민을 이야기합니다. 죽음의 구원, 가난의 구원, 매명(賣名)의 구원에 관한 것입니다. '죽음의 구원'에 대해서는 "나는 시를 통한 구원을 아직 받지 못하고 있는 것처럼 죽음에 대한 구원을 받지 못하고 있다"고 했습니다. 김수영에게 '시'는 종교의 다른 얼굴이었을지 모릅니다. 삶과 죽음에 대해 끊임없이 질문하고, 탐구하고, 더 밀어붙이는 작업을 시를 통해 했던 것이지요. 김수영 시인이 '시를 통한 구원을 아직 받지 못'했다고 말한 구절에 주목합니다. 인간이 어찌 죽음으로부터 구원을 받을 수 있겠습니까? 삶 속에서 구원의 희망을 얻는 것이겠지요. 김수영에게 시는 '죽음의 구원'과 어깨를 나란히 하는 것이었습니다. 그만큼 그의 삶에서 시가 중요했다는 것이겠지요.

김수영이 말하는 '가난의 구원'에서도 시인의 마음을 읽습니다. 김수영은 "길가에서 매일같이 만나는 신문 파는 불쌍한 아이들을 볼 때마다 느끼는 자책감에서 헤어날 길이 없다"고 했습니다. 자신의 가난만이 아니라 세상의 가난을 피해오기만 한 자신에게 수치감을 느낀다는 것이지요. 모두가 가난한 시대에, 더 가난한 이들에게 시선이 머무는 것이 시인의 마음입니다. 가난을 연민하고 마는 것이 아니라, 가난한 현실을 만드는 부조리에 분노하는 것이 시인의 태도입니다. 현재의 가난을 이기는 희망을 불가능하게 하는 지금의 권력에 대해 '말과 리듬의 화살'을 날리는 것이 시인의 시입니다.

김수영이 고민했던 것처럼 시인에게, 문학 하는 사람에게 가장 어려운 것이 '매명(賣名)의 구원'일 것입니다. 김수영은 자신에게 더욱 혹독했습니다. 김수영은 "나의 산문 행위는 모두가 원고료를 벌기 위한 매문(賣文)·매명(賣名) 행위였다"고 선언합니다. 머릿속으로 '출판사와 잡지사에서 받을 원고료 금액'을 생각하는 글쓰기는 모두 이 혐의에서 자유로울 수 없습니다. 그렇다면 '매문·매명 행위'에서 벗어날 수 있는 길은 없을까요? 김수영은 "진정한 '나'의 생활"에서 나오는 글에서 그 가능성을 찾았습니다. 그 가능성은 '지(知)와 행(行)의 일치'를 꿈꾸는 것에서 시작하여, '아웃사이더의 생활'을 통해 확장됩니다.

김수영의 '상주사심'은 죽음의 구원, 가난의 구원, 매명의 구원을 향해 나아가기 위한 출발점이었을 것입니다. 그는 죽음에 집착하는 상주사심이 아닌, '아직도 해결하지 못하고 있고, 앞으로도 좀처럼 해결하지 못할' 것 같은 문제와 대결하기 위해 상주사심을 이야기한 것이겠지요. 이렇게 생각을 다듬어가다 보면, 지금은 김수영이 원고를 쓰던 자신의 책상 옆 달력에 '상주사심'을 써놓은 마음에 조금은 가닿은 듯도 싶습니다.

풀의 정신,
시를 품고
시를 낳다

도봉산
김수영 시비 앞에서,
유작 시 〈풀〉을
읊다

김응교

김 수 영
시 비 가 는
길

1호선 지하철 도봉산역에서 내려 건너편으로 건너자마자 '만남의 광장'이라는 간판과 함께 먹거리촌이 줄지어 있는데, 이것은 식당 현판일 뿐 진짜 장소가 아닙니다. 진짜 '만남의 광장'은 훨씬 위의 도봉산 국립공원 쪽으로 10분 정도 올라가야 합니다.

　　김수영 시비를 처음 찾아갈 때는 올라가는 길에 갈래 길이 몇 개 있으니 조금 신경 써야 합니다. 우선 계곡을 따라 오르다 보면 '도봉동문(道峰洞門)'이라고 써 있는 큰 바위가 보이는데, 우암 송시열 선생의 친필입니다. 이 바위를 이정표 삼아 그 오른쪽 길로 계속 올라갑니다. 10분쯤 걷다 보니 소설가 이병주 선생의 시비가 도봉산 입구 도봉서원 터 아래의 소공원에 세워져 있습니다. 문득 김수영 시인의 마지막 날이 떠오릅니다. 김수영 시비 바로 아래 이병주 시비가 있다는 것은 정말 아이러니가 아닐 수 없습니다.

김수영 시인은 생의 마지막 날, 이병주 선생과 함께 있었습니다. 1968년 6월 15일 밤, 김수영은 시인 신동문과 소설가 이병주, 신문기자 정달영과 밤늦도록 술을 마셨습니다. 이날 이병주에게 "돈 많이 벌어 잘난 척하는 XX"라며 목울대 높이던 김수영은 평소보다 술을 많이 먹었습니다.

그날 밤 김수영의 아내 김현경은 이웃집 여자에게 교통사고 소식을 듣고 이 병원 저 병원을 찾아다니다가, 교통사고 당한 사람이 적십자병원에 있다 하여 그곳으로 갑니다. "아, 그곳엔 시인이……내 남편 김수영이 중환자실에 누워 산소호흡기를 코에 꽂고 있었습니다."[41] 술 마신 뒤 취해 걷다가 버스에 치였던 것입니다. 마흔여덟 살의 요절이었습니다.

아침 8시, 의사가 산소호흡기를 벗겼다. 가느다란 싸움도 포기한 김수영의 얼굴은 풀리고 고요해졌다. 김현경이 흐느끼면서 두 눈을 감겨주었다. 그의 삶이 끝난 것이다. 1968년 6월 16일, 48년의 길지 않은 생애를 끝내고 김수영은 조각처럼 희고 단정한 얼굴로 무(無) 속으로 들어갔다.[42]

갑자기 시비가 눈앞에 보였습니다. 계곡을 따라 걷다가 꺾이

도봉산 기슭에 위치한 김수영 시비.

는 산길 오른쪽 공간에 말끔하게 서 있는 돌덩어리. 도봉서원 터 아래 너른 잔디 위에 놓여 있습니다. 받침대 없이 흙 위에 놓여 있는 시비를 풀들이 포근히 감싸 안고 있는 형국입니다. 사람들이 많이 다니는 등산길 바로 옆에 자리하여 등산객들이 한 번씩 마주보고 지나가게 되어 있습니다. 고아하게 신선처럼 있는 존재가 아니라, 저잣거리에서 던지는 일상어를 시어(詩語)로 쓰곤 했던 김수영 시인에게 적절한 위치인 것 같았습니다. 누가 만들었을까. 필시 민초와 함께 머물던 시인의 시 세계를 잘 이해하고 있는 인물이 시비를 만들었을 것입니다.

시비에는 그가 죽기 보름 전인 1968년 5월 29일에 썼던 유작시 〈풀〉의 제2연이 새겨져 있습니다. 시비를 한참 쓰다듬어봅니다. 내 손바닥에 저 시 구절이 찍혀 나오지 않을까 생각도 해보고, 시비 앞에 기대어 풀처럼 누워보기도 합니다.

풀이 눕는다
비를 몰아오는 동풍에 나부껴
풀은 눕고
드디어 울었다
날이 흐려서 더 울다가
다시 누웠다

풀이 눕는다
바람보다도
더 빨리 눕는다
바람보다도
더 빨리 울고
바람보다
먼저 일어난다

날이 흐리고 풀이 눕는다
발목까지
발밑까지 눕는다
바람보다 늦게 누워도
바람보다 먼저 일어나고
바람보다 늦게 울어도
바람보다 먼저 웃는다
날이 흐리고 풀뿌리가 눕는다
- 〈풀〉 전문

'풀'의 시인,

자유의 시인,
긍정의 시인

〈풀〉이라는 시에서 비를 몰고 오는 '동풍'(東風, east wind)이라는 단어는 시의 복잡한 얼개를 푸는 실마리입니다. 시 전편에서 여덟 번이나 주술처럼 반복되는 '바람', 그 대표격으로 지시된 '동풍'은 과연 무엇일까요. '동풍'의 의미에 대해서는 크게 세 가지의 해석이 있습니다.

첫째, '동풍'을 민중을 압제하는 외세나 독재정권으로 보는 시각입니다. 이 시의 시대적 배경이 1960년대이니, 박정희 독재정권을 '바람(동풍)'으로 보고 이에 저항하는 민중을 '풀'로 보는 태도입니다. 이 시에서 동사의 시제가 대부분 현재시제로 표현되어 있어 현재성이 두드러지는데, 그래서 김수영 시가 지닌 현재성이 강조되면서 당연히 부패한 정권에 대항하는 민중의 의지를 표현하는 시로 읽어왔던 것이죠. 이때 '풀'은 여리지만 질긴 생명력을 지닌 민초, 민중으로 해석되었습니다. '눕다'↔'일어나다', '울다'↔'웃다'라는 역동성을 보여주는 시의 주체가 민중이라는 해석입니다. 대부분 이 시를 이러한 시대적 배경과 일치시켜 해석합니다.

4·19 이후의 사회 현실과 시대적 상황에 대한 치열한 저항의식을 보여주었던 김수영이기에 이렇게 이해할 여지가 충분히 있습니다. "어서어서 썩어빠진 어제와 결별하자"라고 한 시 〈우선 그놈의

사진을 떼어서 밑씻개로 하자〉(1960)에 비하면, 〈풀〉은 대단히 차분한 작품입니다. 다만 이러한 해석이 전부인 양 교육되고 있는 데 대해 나는 우려하는 입장입니다. 시대적 배경 이전에 문학적 관습이 있고, 문학적 관습 이전에 작가가 있으며, 작가 이전에 텍스트가 있습니다. 독자는 텍스트만 보고 상상력을 발휘해야 합니다. 사회적 배경을 그대로 텍스트에 대입해서 해석하면, 시가 주는 풍부한 상징의 의미를 좁히고 맙니다. 가령 일제 식민지 시절이라는 이유로 김소월의 모든 시를 '슬프고 수동적인 여성 화자'로 해석하거나, 한용운의 〈님의 침묵〉에 나오는 '님'을 무조건 '조국'으로 해석하는 건 위험합니다. 작품을 시대적 의미에 못 박아 교육하는 것은 학생들의 창조력에 못 박는 행위일 수 있습니다.

그런데 '풀/바람'은 서로 적일까요? 김수영 시 전체를 보면 적을 적으로 보면서도 친구로도 보고, 자기 안에서도 적을 봅니다. 〈모리배〉(1959)에서는 "모리배여, 나의 화신이여"라고 했습니다. 또 〈제임스 띵〉(1965)에서는 적으로 상징하는 제임스 딘의 모습이 자기 내면에 있는 것을 봅니다. 적을 벗으로 삼을 수 있는 능력은 니체 철학에서도 나옵니다. 김수영 시 전체를 본다면 '풀'과 '바람'은 적이면서도 어쩌면 이 역경의 시대를 함께 노는 듯한 경지도 보입니다. 적과 함께 노는, 전혀 다른 경지입니다. 김수영이 탐독했던 동양 고전을 참조하면 그 관계는 보완적 관계에 가깝습니다.

"풀이 눕는다. 바람보다 더 빨리 눕고 바람보다 더 빨리 일어난다"는 구절도 《논어》의 〈안연 편〉에 나오는 "풀에 바람이 가해지면 풀은 반드시 눕는다"는 구절과 비교됩니다.

> 계강자가 공 선생께 정치를 물었다. 만약 무도한 자를 죽여 도로 나아
> 간다면 어떤가요? 공 선생이 대답했다. 그대가 정치를 하는데 왜 하
> 필 살인을 사용하나요? 그대가 선을 바라면 백성이 선해지죠. 군자의
> 덕은 바람입니다. 소인의 덕은 풀입니다. 풀 위에 그 바람이 있으면
> 풀은 반드시 눕죠.[43]

《논어》에 따르면 바람은 군자의 덕일 수도 있습니다. 군자의 덕인 바람과 소인의 덕인 풀이 만나는 공생관계입니다. 마지막 구절에서 "풀은 반드시 눕는다"고 한 것은 김수영의 〈풀〉과 동일합니다.

나아가 최원식은 적대관계로서 '바람/풀'이 아니라, 공생관계로서 '바람~풀'이라는 적극적 해석을 내놓습니다. 그리고 〈풀〉에서 '울다'는 울 곡(哭)이 아니라, 공명하는 울릴 명(鳴)에 가깝다는 해석도 내놓았습니다.

> 바람과 풀은 단순 대립이 아니다. 바람이 때려서 아파 우는 것이 아
> 니라 바람 덕에 풀이 울 수 있었고, 울 수 있어서 웃을 수도 있던 것이
> 다. 바람이 밟아서 풀이 눕는 것이 아니라 바람 덕에 누울 수도 있고
> 누울 수 있어서 일어나기도 하는 터이니 바람은 온전한 의미의 덕이

다. 이 시에서 굳이 폭력적인 것을 찾자면 바람이 아니라 발목이다. 그런데 발로 밟는 것이 때로는 풀의 착근을 돕기도 한다는 점에서 이 또한 대립으로만 보기도 어려울 것이다. 더구나 시인은 지금 꼼짝없이 서 있다. 바람과 풀이 환대를 교환하는 그 지극한 공생의 순간을 숨죽이고 지켜보는데, 그 찰란한 권력과 민중이 최고의 운명 속에 해후하는 '동양적' 유토피아의 지극한 드러남일 터이다.[44]

　둘째, '동풍'을 긍정적인 시련으로 보는 해석입니다. 이 시의 주어는 '풀'이죠. 울든 웃든 눕든, 풀은 능동적으로 자신이 판단해 움직이고 있습니다. 그러므로 "비를 몰아오는 동풍에 나부껴"를 고통이 아니라 새로운 모험으로 읽는 이가 있다면 시는 전혀 다른 의미가 됩니다. 빗물은 풀을 자라게 하는 자양분이기도 하니, 비를 머금은 동풍은 풀의 뿌리를 단단케 하는 긍정적 시련으로 볼 수 있습니다. 그렇다면 '풀이 운다'는 의미는 성장통으로 해석될 수 있겠지요.

　우리나라 말 중에 '동풍'은 시련을 뜻할 때가 많습니다. "동풍에 곡식이 병난다"는 말은 낟알이 익어갈 무렵, 때 아닌 동풍이 불면 못 쓰게 된다는 뜻입니다. 그런데 이 시에서 풀은 바람이라는 물리적 구속에서 벗어나 오히려 바람을 이용하는 모습입니다. 바람에 흔들려서, 바람을 이용해서 뿌리를 깊게 박는 것입니다. 바람이야 어찌하든 결국 풀은 자기 뜻대로 합니다. 이제 '풀'은 '바람'과 대립관계가 아니라 호응관계가 됩니다. 새로운 희망으로 "일어난다"는 극복의 모습을 볼 수 있습니다. 게다가 바람보다 "더 빨리" 말입니다. 이런 식으로 해석하면 '풀'은 패배자의 초상이 아니라 오히려 어떤 시련의 늪을 기어가는 기쁨, 곧 정신분석학에서 라캉이 말한 주이상스(Jouissance, 고통스러운 쾌락)로 극복해내는 주체로도 볼 수 있습니다.

김수영 시 세계의 핵심 가운데 하나는 '자유의지'입니다. 그는 완전한 창작과 언론의 자유를 희구했습니다. 자유정신을 획득하기 위해 개인과 사회에 냉엄한 자기 수련(修鍊)이 있어야 한다고 했습니다. 이러한 그의 주장을 생각해볼 때, 모든 행동을 스스로 판단하는 '풀'은 단독자(singularity)의 초상입니다. 이렇게 본다면 '동풍'은 대단히 '긍정적인 시련'을 뜻한다고 상상할 수도 있겠습니다. 게다가 "바람보다 늦게 울어도 바람보다 먼저 웃는다"는 넉넉한 명랑성도 느껴집니다. 김수영 시 전체의 언어를 분석해보면 '웃다'라는 동사가 모두 17편의 시에서 33번 사용되었다고 합니다.[45] 김수영이 명랑성을 얼마나 중시했는지 확인할 수 있는 대목입니다. '부정의 시인'으로 불리지만 그의 부정에 '웃는다'라는 명랑성의 과정이 개입되어 긍정에 이르게 됩니다.

셋째, '동풍'을 독일의 실존철학자인 하이데거의 시각에서 풀어볼 수도 있습니다. 당연한 말이지만 김수영의 시에는 그의 생활이 깊숙이 배어 있습니다. 그의 삶 자체가 그대로 드러나 보이는 경우가 많습니다. 그가 본 TV 연속극 〈원효〉, 미국 영화, 역사책 등이 시에 그대로 나타납니다. 그는 '온몸으로' 자신의 생각과 무의식과 생활을 그대로 썼습니다. 김수영이 특히 하이데거 철학을 좋아했다는 사실은 잘 알려져 있습니다. 닭을 팔아서 번 돈으로 신간《하이데거 전집》을 사들고 좋아라 하며 귀가하곤 했습니다. 김수영 시 속에 녹아있는 '하이데거'라는 코드를 무시할 수 없습니다.

김유중 교수의《김수영과 하이데거》에서는 김수영과 하이데거 사상과의 관계를 자세하게 밝혔습니다. 김유중은 이 책에서 '바람(동풍)'을 하이데거 식으로 '거부할 수 없는 운명'으로 해석했습니다. 하이데거는 일상적인 삶의 세계를 죽음과 분리시켜 인식하는 태도를 반박하면서, 인간 현존재를 '죽음을 향한 존재'로 규정했습니다. 언제 닥칠지 모르는 죽음을 항상 인식하는 인간은 뭔가 다르다고 했습니다. 이런 인간은 현재의 삶을 끊임없이 반성하며 매순간을 소홀히 보낼 수 없게 됩니다. 하이데거 식으로 본다면 "위험이 커질수록 구원의 가능성 또한 그에 비례하여 커진다. (중략) '최고의 위험'은 곧 '최고의 구원 가능성'이기도 한 까닭"[46]입니다. 풀이 바람(동풍)이라는 운명에 초연한 '내맡김(Gelassenheit)'을 함으로써 그 위험을 역설적으로 초극하는 자세를 보여준다는 것입니다.

현존재 인간을 하이데거가 식물로 인용한 문장도 있습니다.

"우리는 식물이라네 ― 우리가 기꺼이 인정하고 싶든 아니든 간에, 우리는 지상에 꽃을 피우고 결실을 맺기 위해 흙에 뿌리를 내려 그 흙에서 자라야 하는 식물이라네."[47]

하이데거에 따르면 현존재 인간은 모두 땅에 뿌리 내리고 있는 식물이며 '풀'입니다. 풀뿌리처럼 흙 속에 뿌리 내리고 있는 능동적 수동 상태가 인간 존재의 모습이라는 것입니다. 하이데거가 주장했던 '겔라센하이트(Gelassenheit)', 곧 '그대로 놓아둠' 혹은 '내맡김'은 운명에 맞짱 뜨는 '풀'의 역설적인 속성일 수 있습니다. '겔라센하이트'의 원뜻은 '태연하고 침착하다'인데 하이데거는 이 단어를 '내맡김'이라는 뜻으로 썼습니다. 운명에 자신을 던지고도 태연하게 견디는 모습이 인간 혹은 풀의 모습일까요. 김수영이 거대한 '뿌리', '씨', '꽃', '풀'로 인간을 상징했다는 것과 연결되는 부분입니다.

이 외에도 김수영 시에 종교적 상상력이 무의식적으로 작용했을 수도 있습니다. 포로수용소 시절 3년간 그가 성경에 의존하여 살았다는 자료를 참조해봅시다.

거제도에 가서도 나는 심심하면 돌벽에 기대어서 성서를 읽었다. 포로 생활에 있어서 거제리 제14야전병원은 나의 고향 같은 것이었다. 거제도에 와서 보니 도무지 살 것 같은 마음이 들지 않았다. 너무 서러워서 뼈를 어이는 설움이란 이러한 것일까! 아무것도 의지할 곳이 없다는 느낌이 심하여질수록 나는 전심을 다하여 성서를 읽었다.
성서의 말씀은 주 예수 그리스도의 말씀인 동시에 임 간호원의 말이었고 브라우닝 대위의 말이었고 거제리를 탈출하여 나올 때 구제하

지 못한 채로 남겨두고 온 젊은 동지의 말들이었다. - 〈내가 겪은 포로 생활〉에서

포로수용소에서 겪었던 설움 속에서 기댈 것이 없었던 김수영에게 성경은 적지 않은 힘을 주었던 것이 확실합니다. "아무것도 의지할 곳이 없다는 느낌이 심하여질수록" 그는 "전심을 다하여 성서를 읽었"던 것입니다. 김수영의 시에서도 성서의 구절과 비슷한 대목이 적지 않습니다. "풀은 아침에 꽃이 피어 자라다가 저녁에는 시들어 마르나이다"(시편 90편 3~7절) 같은 구절이 그러합니다. 김수영의 여러 시에서 성서적 상징과 겹치는 구절이 보입니다. 김수영 시의 근저에 있는 '숨은 신(Hidden God)' 의식, 종교적 상상력과 성찰은 이후의 연구 과제로 남아 있습니다. 작품에 다양하게 드러난 '숨은 신'의 이미지를 인간의 무의식적 욕망 혹은 초자아와 연관시켜 생각해보며 작품을 읽는다면 새로운 시각을 얻을 수도 있겠습니다.

　날이 흐리고 풀뿌리가 눕는다

마지막 한 행을 읽어봅니다. "날이 흐리고 풀뿌리가 눕는다"는 윤동주의 "오늘밤에도 별이 바람에 스치운다" 같은 실존적 의미로도 읽을 수 있습니다. 삶이 어떻든 시련은 계속 닥쳐오는 것입니다. 이렇게 본다면 '풀'은 자존자립(自尊自立)의 생명력을 뜻하는 상징이

됩니다. 중요한 것은 '동풍'을 없앨 수는 없다는 사실입니다. 인간에게 다가오는 시련 자체를 없앨 수 없다는 말입니다.

아방가르드의 전사,
우리에게는
김수영이 있다

1호선 지하철 도봉산역에서 30분만 걸어가면 김수영 시비를 만날 수 있습니다. 가끔 가보시길 권합니다. 저는 일 년에 한두 번은 갑니다. 그의 곁에 있을 때 설움도 긍지가 되기 때문입니다. 하산하면서 김수영의 목소리가 자꾸 마음에 울리는 듯했습니다.

> 모든 전위문학은 불온하다. 그리고 모든 살아 있는 문화는 본질적으로 불온한 것이다. 그것은 두말할 것도 없이 문화의 본질이 꿈을 추구하는 것이고 불가능을 추구하는 것이기 때문이다. - 〈실험적인 문학과 정치적 자유〉(1968)에서

시인은 전위문학, 아방가르드의 전사입니다. 눈치 보지 말고 가장 앞서 나가야 한다고 김수영은 말했습니다.

1968년 4월 13일, 김수영은 백철·이헌구·안수길·모윤숙 등과

함께 부산펜클럽 주최의 문학 세미나에 참석했습니다. 김수영은 연단에서 40여 분에 걸쳐 우리 문학사에 길이 남을 유명한 시론을 폭포처럼 쏟아냅니다.

시작(詩作)은 '머리'로 하는 것이 아니고 '심장'으로 하는 것도 아니고 '몸'으로 하는 것이다. '온몸'으로 밀고 나가는 것이다. 정확하게 말하자면, 온몸으로 동시에 밀고 나가는 것이다. - 〈시여, 침을 뱉어라〉(1968)에서

'온몸으로 동시에 밀고 나가는 것'은 바로 온몸으로 온몸을 밀고 나가는 것이고, 시의 세계에서 온몸에 의한 온몸의 이행은 사랑이며, 그것이 바로 시의 형식이라고 김수영은 주장했습니다. 김수영에게 자유는 아무런 원군도 없는, 원군을 필요로 하지 않는 고독하고 장엄한 것이었습니다.

지금 우리는 어떤 눈치를 보고 살고 있는지, 하산하며 생각해봅니다. 우리는 마음속에 가장 무거웠던 돌멩이를 김수영 시비에 하나씩 풀어놓고 온 듯싶습니다. 언제부터였을까, 삶이 버거울 때면 김수영 시를 읽곤 했습니다. 서울 번화가 종로구 관철동 탑골공원 건너편의 김수영 선생 집터를 보아도 정신이 들겠으나, 아무래도 계곡물 흐르는 산길 따라 오르며 저편에서 기다리고 있는 저 아방가르드의 시혼(詩魂)과 마주하면 정신이 더 맑아지지 않을까요. 풀과 몸을 섞

은 채 단아하게 놓여 있는 저 시비는 난삽하지 않고 격조 있습니다. 나지막하여 권위를 내세우지는 않았으나 정직하고 정답습니다. 가 끔 삶에 지칠 때 이곳에 오시기 바랍니다. 바라만 보지 말고 풀처럼 비석 앞에 누워보시기 바랍니다.

김수영처럼 비루한 시대를 일갈하는 인물이 많았으면 합니다. 칠흑 어둠 속에서도 별이 있다면 갈 길을 가늠할 수 있습니다. 이 땅 의 시인들에게 김수영은 작은 별빛이 아닐까요. 이 곁에 오면 울기도 하고 웃기도 하며, 설움에서 긍지를 얻을 수 있으니 다행입니다.

우리에게는 김수영이 있습니다.

김수영 연보

1921년(1세)   11월 27일(음력 10월 28일) 서울시 종로2가 관철동 58-1번지에서 부친 김태욱(金泰旭)과 모친 안형순(安亨順) 사이에 출생(8남매 중 장남). 본관은 김해(金海). 이듬해 종로6가 116번지로 이사.

1928년(8세)   어의동(於義洞)공립보통학교(현 효제초등학교) 입학.

1934년(14세)   장티푸스와 폐렴 등으로 학업을 중단하고 1년여 요양 생활. 용두동(龍頭洞)으로 이사.

1935년(15세)   건강을 회복하여 경기도립상고보(京畿道立商高普)와 선린상업학교(善隣商業學校)에 차례로 응시하나 모두 낙방하고, 선린상업학교 전수부(專修部, 야간)에 입학.

1938년(18세)   선린상업학교 전수부를 졸업하고 본과(주간) 2학년으로 진학.

1940년(20세)   현저동(峴底洞)으로 이사.

1941년(21세)   12월, 선린상업학교 졸업.

1942년(22세)   일본 유학을 떠나 도쿄의 나카노(中野区 住吉町)에 하숙하며 조후쿠 고등보습학교(城北 高等補習学校)에 입학하나 곧 중단. 이후 미즈시나 연극연구소(水品 演劇研究所)에서 연출 수업을 받음.

1944년(24세)   학병 징집을 피해 2월경 귀국하여 종로6가 고모 집에 머묾. 안영일 등과 함께 연극 활동. 가을, 잠시 귀국한 어머니와 함께 가족이 있는 만주 지린성으로 떠남. 지린에서 길림극예술연구회 회원으로 있던 임헌태, 오해석 등과 만남.

1945년(25세)   6월, 지린 공회당에서 지린성 문예협회가 주최하는 예능대회가 개최되었고, 길림극예술연구회는 〈춘수(春水)와 같이〉라는 3막극을 상연. 광복을 맞아 9월, 가족과 함께 귀국. 서울 고모 집에 도착한 후 충무로4가로 이사. 11월 21일, 연희전문학교 영문과 1학년 입학.

1946년(26세)	시 〈묘정(廟庭)의 노래〉를 《예술부락(藝術部落)》 2호에 발표. 연희전문학교에서 한 학기 만에 자퇴.
1946~1948년 (26~28세)	김병욱, 박인환, 김경희, 임호권 등과 '신시론(新詩論)' 동인을 결성. 그 외에도 배인철, 이봉구, 김기림, 조병화 등 많은 문인들과 교류함.
1949년(29세)	부친 김태욱, 지병으로 작고. 김현경(金顯敬)과 결혼하여 돈암동에 신혼살림을 차림.
1950년(30세)	서울대학교 의과대학 부속 간호학교에 영어 강사로 출강. 한국전쟁이 발발하고 서울에 조선문학가동맹 사무실이 생기자 김병욱의 권유로 조선문학가동맹에 출석. 8월 3일, 문화공작대에 강제 동원되어 평남 개천군 북원리의 훈련소에서 한 달간 군사훈련을 받음. 9월 28일, 훈련소를 탈출했으나 중서면에서 체포됨. 10월 11일, 다시 탈출하여 평양과 개성을 거쳐 10월 28일, 서울 서대문에 도착. 서울 충무로의 집 근처에서 경찰에 체포당해 11월 11일, 부산의 거제리 포로수용소에 수용. 그 후 12월 26일, 가족은 경기도 화성군 조암리(朝巖里)로 피난. 12월 28일, 피난지에서 장남 준(儁) 출생.
1952년(32세)	11월 28일, 충남 온양의 국립구호병원에서 200여 명의 민간인 억류자 중 한 명으로 석방.
1953년(33세)	석방 이후 부산에서 박인환, 조병화, 김규동, 박연희, 김중희, 김종문, 김종삼, 박태진 등과 재회. 미8군 수송관의 통역관을 거쳐 선린상업학교 영어 교사로 근무.
1954년(34세)	서울로 돌아와 주간 《태평양》에서 근무하며 가족과 새 삶을 모색.
1955~56년 (35~36세)	피난지에서 돌아온 아내와 재결합하여 성북동에 거주. 《평화신문》 문화부에 반년간 근무. 1956년 6월, 마포 구수동(舊水洞) 41-2번지로 이사. 이후 번역과 양계로 생계를 꾸림.
1957년(37세)	김종문, 이인석, 김춘수, 김경린, 김규동 등과 묶은 앤솔로지 《평화에의 증언》에 〈폭포〉 등 5편의 시를 발표. 12월, 제1회 한국시인협회상 수상.
1958년(38세)	6월 12일, 차남 우(瑀) 출생.

1959년(39세)	첫 시집《달나라의 장난》을 춘조사(春潮社)에서 출간.
1960년(40세)	4·19혁명이 일어나자 〈우선 그놈의 사진을 떼어서 밑썻개로 하자〉 〈기도〉〈육법전서와 혁명〉〈푸른 하늘은〉〈만시지탄(晩時之歎)은 있지만〉〈나는 아리조나 카보이야〉〈거미잡이〉〈가다오 나가다오〉〈중용에 대하여〉〈허튼소리〉〈김일성 만세〉〈피곤한 하루의 나머지 시간〉〈그 방을 생각하며〉〈나가타 겐지로〉 등을 열정적으로 쓰고 발표함.
1961년(41세)	5·16쿠데타 발발. 며칠간 잠적해 있던 시인은 퇴보하는 현실을 보는 어지러운 심정을 '신귀거래 연작' 등의 시를 통해 발표.
1962~63년 (42~43세)	〈적〉〈만주(滿洲)의 여자〉〈죄와 벌〉 등을 통해 눈에 보이지 않는 현실의 적대성과 그 와중에 묵묵한 민중의 삶을 이야기하는 동시에 소시민적 삶의 허위의식을 폭로.
1964년(44세)	한일회담을 반대하는 학생시위를 보면서 시에 '식민지'라는 단어를 사용함.
1965년(45세)	6·3한일협정(한일기본조약) 반대 시위에 동조하여 박두진, 조지훈, 안수길, 박남수, 박경리 등과 함께 성명서에 서명함. 신동문 시인과 친교.
1966년(46세)	김춘수, 박경리, 이어령, 유종호 등과 함께 계간《한국문학》에 참여해 시와 시작(詩作) 노트를 계속 발표. 자코메티의 리얼리티론에 관심을 가짐.
1967년(47세)	《세계현대시집》을 출간하기 위한 번역 작업에 몰두.
1968년(48세)	《사상계》 1월호에 평론 〈지식인의 사회 참여〉를 발표. 이후《조선일보》 지면에서 3회에 걸쳐 이어령과 논쟁함. 6월 15일, 밤 11시 50분경 귀가하던 길에 구수동 집 근처에서 버스에 부딪히는 사고를 당함. 서대문의 적십자병원에 이송되어 응급치료를 받았으나 의식을 회복하지 못하고 다음날(16일) 아침 8시 50분에 숨을 거둠. 6월 18일, 세종로 예총회관 광장에서 문인장(文人葬)으로 장례를 치르고 서울 도봉동의 선영(先塋)에 안장됨.
1969년	6월, 1주기를 맞아 묘 앞에 시비(詩碑)가 세워짐.

주

1 초판은《자유인의 초상: 김수영 평전》, 문학세계사, 1982. 개정증보판은《김수영 평전》, 실천문학사, 2001.

2 김수영 산문 〈나의 연애시〉(1968)

3 김수영 산문 〈양계(養鷄) 변명〉(1964)

4 〈양계 변명〉

5 김수영 산문 〈마리서사〉(1966)

6 김수영 시 〈꽃잎 3〉(1967)

7 김수영 시 〈거대한 뿌리〉(1964)

8 〈거대한 뿌리〉

9 김수영의 도쿄 시절을 복원하기 위해 2018년 12월 19일부터 23일까지 김수영의 흔적이 있는 도쿄 곳곳을 답사했다. 필자(서영인)가 사전조사와 일정 진행을 맡았고, 전체 기획을 맡은 박수연, 오창은, 김응교 교수가 동행했다.

10 선린인터넷고등학교 동문회, 나카노 구청, 신주쿠 구청, 나카노 구립도서관의 담당자들, 그리고 개인 블로그를 운영하는 도쿄의 기타자와(北沢) 씨, '극단 민예(民藝)'의 관계자들에게 특별한 감사를 드린다.

11 김수영의 선린상업학교(이하 '선린상고') 졸업과 도일(渡日)의 시기는 자료마다 각각 다르게 기록되어 있다. 1940년 무렵 선린상고의 학제, 다른 자료들 및 유족의 증언 등을 종합해볼 때, 김수영은 1941년 12월에 선린상고를 졸업하고 1942년 초에 일본으로 건너갔다. 당시 선린상고의 학제는 5년제였는데 1938년 2학년에 편입한 김수영은 1941년 12월에 졸업했다. 원래대로라면 1942년 2월에 졸업식이 있었을 것이지만 태평양전쟁 등 전시체제의 상황 속에서 35회 졸업식은 석 달 앞당겨 1941년에 있었다. 선린백년사 편찬위원회,《선린 백년사》, 선린중·고등학교 총동문회, 2000.

12 '스미요시초(住吉町)'가《김수영 평전》개정증보판(실천문학사, 2001, 2018)에는 '佳吉町'라고 표기돼 있고 민음사의《김수영 전집》작가연보에는 '街吉町'로 표

기돼 있으나, 모두 '住吉町'의 오자이다. 《김수영 평전》 초판(문학세계사, 1981)의 '住吉町'가 맞다.

13 김현경, 《김수영의 연인》, 책읽는오두막, 2013.

14 김수영의 문학청년 시절의 체험과 그 극복에 대해서는 박수연, 〈김수영의 연극시대, 그리고 예이츠 이후〉, 《비교한국학》 26권 3호, 국제비교한국학회, 2018.

15 김수영의 일기에 의하면 이 시는 1960년 10월 무렵에 탈고되었는데, 김수영은 이 시를 제목을 바꿔가며 발표하려 하였으나 가망이 없다고 쓰고 있다. 이 시는 2008년에 이르러서야 육필 원고의 형태로 《창작과 비평》 2008년 여름호에 발표되었다. 이영준 엮음, 《김수영 육필시고 전집》, 민음사, 2009.

16 한수영, 〈상상하는 모어와 그 타자들〉, 《상허학보》 42집, 2014.

17 김수영의 만주 시절을 복원하기 위한 이 답사는 2018년 12월 6일부터 10일까지 진행되었는데, 필자(박수연)를 비롯하여 김수영 50주기 중국 학술대회를 함께 진행한 양진오, 최현식, 오창은, 김태선, 안현미, 유현아, 전윤수가 참여했다.

18 당시의 일본 연극계의 움직임을 '쓰키지 소극장'을 중심으로 살펴본 글은 스가이 유키오, 박세연 역, 《쓰키지 소극장의 탄생》, 현대미학사, 2005.

19 申鼓頌, 〈怒りの亞細亞〉, 《新時代》(1944.11.), 60쪽.

20 李樹田, 《中國東北通史》, 吉林文史出版社, 1991, 473쪽.

21 이복실, 〈만주국 조선인 연극 연구〉, 고려대학교 박사학위논문, 2018.

22 '예문지도요강'은 문예물에 대한 국가의 기본적인 통제를 규정한 지도 정책이다. 만주국 총무청 홍보처장 무토 도미키치(武藤富南)가 발표한 것으로, 천황제의 핵심 사상인 팔굉일우(八紘一宇, '전 세계는 하나의 집이다')의 정신을 문예물이 다루어야 한다는 점을 강조했으며, 문예 조직의 조직 방식, 문예 활동의 기본 방책, 문예 교육과 기관에 대한 사항을 서술하고 있다. 이에 대해서는 노동은, 〈만주음악 연구 1: 만주국의 음악정책 전개〉, 《한국문학연구》 33, 한국문학연구소, 2007.

23 이 대회의 행방과 의미에 대해서는 김재용, 〈일제 최후기 조선문학과 중국〉, 《현대문학의 연구》 65(2018.5.).

24 김재용, 위의 글, 233쪽.

25 최하림, 《김수영 평전》, 실천문학사, 2001, 72쪽.

26 심상협, 〈야생시인 림헌태〉, 《중도포커스》(1994.4.), 40쪽.

27 사진은 심상협, 위의 기사에서 가져옴.

28 스가이 유키오, 박세연 역,《쓰키지 소극장의 탄생》, 현대미학사, 2005, 241쪽.

29 '와사의 정치가'를 '비단처럼 고운 옷을 입은 정치가'로 맨 처음 설명한 연구자는
    장이지 시인이다.

30 최하림,《김수영 평전》, 실천문학사, 2001, 108쪽.

31 김광균 외,《세월이 가면》, 근역서재, 1982, 137~138쪽.

32 이 글은 〈시인이 겪은 포로 생활〉이라는 제목으로《해군》(1953. 6.)에 실렸던 것인
    데, '김수영 전집'에서는 2018년 제3판에 처음 수록되었다.

33 김수영 산문 〈나는 이렇게 석방되었다〉는《희망》3권 8호(1953. 8.)에 실렸던 것으
    로, '김수영 전집'에서는 2018년 제3판에 처음 수록되었다.

34 〈나는 이렇게 석방되었다〉

35 〈나는 이렇게 석방되었다〉

36 〈내가 겪은 포로 생활〉

37 박태일, 〈김수영과 부산 거제리 포로수용소〉, 근대서지학회,《근대서지》2호, 소
    명출판, 2010.

38 이영준, 〈꽃의 시학: 김수영 시에 나타난 꽃 이미지와 '언어의 주권'〉,《국제어문》
    64집, 국제어문학회, 2015.

39 김현경,《김수영의 연인》, 책읽는오두막, 2013, 183~184쪽.

40 최하림,《김수영 평전》, 실천문학사, 2001, 374쪽.

41 김현경,《김수영의 연인》, 책읽는오두막, 2013, 148쪽.

42 최하림,《김수영 평전》, 실천문학사, 2001, 380쪽.

43 성백효 역주,《논어집주》, 전통문화연구회, 2013, 352쪽.

44 최원식, 〈김수영을 생각함: 병풍, 누이, 그리고 풀〉,《50년 후의 시인: 김수영과 21
    세기》, 김수영 50주기 기념 학술대회 발표집, 2018, 18쪽.

45 고려대학교 시어연구회,《김수영 사전》, 서정시학, 2012.

46 김유중,《김수영과 하이데거》, 민음사, 2007, 258쪽.

47 하이데거, 신상희 옮김, 〈초연한 내맡김〉,《동일성의 차이》, 민음사, 2000, 187쪽.